王达敏

批评的窄门

时代出版传媒股份有限公司
安徽教育出版社

图书在版编目（CIP）数据

批评的窄门/王达敏著. —合肥:安徽教育出版社,2015
ISBN 978-7-5336-7642-1

Ⅰ.①批… Ⅱ.①王… Ⅲ.①随笔—作品集—中国—当代
Ⅳ.①I267.1

中国版本图书馆 CIP 数据核字（2015）第 044519 号

批评的窄门
PIPINGDEZHAIMEN

出 版 人:郑　可
质量总监:张丹飞
策划编辑:何　客
责任编辑:何换生
封扉设计:刘运来
美术编辑:吴亢宗
责任印制:何惠菊

出版发行:时代出版传媒股份有限公司　　安徽教育出版社
地　　址:合肥市经开区繁华大道西路 398 号　邮编:230601
网　　址:http://www.ahep.com.cn
营销电话:(0551)63683012,63683013
排　　版:安徽创艺彩色制版有限责任公司
印　　刷:安徽新华印刷股份有限公司

开　　本:787×1092　1/32
印　　张:8.25
字　　数:160 千字
版　　次:2015 年 8 月第 1 版　2015 年 8 月第 1 次印刷
定　　价:36.00 元

（如发现印装质量问题,影响阅读,请与本社营销部联系调换）

目录

1   自序

1   我们都是朗读者
       ——读本哈德·施林克《朗读者》

14   世界因为她的离去而损失良多
       ——读张纯如《南京大屠杀》

25   枪口下的人性
       ——《第四十一》与战争文学

35   另一个"古拉格群岛"
       ——读杨显惠《夹边沟记事》

44   青楼女子的生死绝唱
       ——漫谈电影《金陵十三钗》

53   梦中的洛神
       ——重读张贤亮

77   一个不该被遗忘的作家
       ——重读刘克

88	"他恨他，他也想他"
	——读杨少衡《昨日的枪声》
102	中国故事西游记
	——读方方《刀锋上的蚂蚁》
114	从"半部好小说"到"一部好小说"
	——读杜光辉《大车帮》
133	从小说结束的地方开始
	——读余华小说序跋
145	关于《余华论》的通信
158	离间"乌托邦"
	——读余华《第七天》
172	仁德大师的人间情怀
178	现实的质疑者
	——沈敏特其人其作
189	多公小记
196	从乡土小说出发的文学史家
	——丁帆其学其作
215	高山流水自写心
	——白兆麟《顾盼集》序
221	非经典时代的经典
	——《许辉研究》序

226 大别山不会忘记
　　——陈桂棣、春桃《寻找大别山》跋
231 犬儒考古
243 一个犬儒主义者的手册

自序

平日里读书著文，思归学术一路，不是专著就是论文，兼及"学中有文"的文学评论。偶尔尝试随笔，兴趣初起，尚未进入佳境。

我喜欢学术随笔，心向往之的有两类。一类是"学中有文"之作，季羡林、金克木等学术大师衰年变法而作的随笔属于这一路的最佳之作。季金博学，为文举重若轻，闲笔学问，随性随意的笔法里是大师的功夫。以"专家之学"做底，以精骛八极、思接千载之"思"作飞动的翅膀，再配以灵动韵味的文笔，是这一路随笔的最高境界。"以学养思"、"以文养学"、"学中有文"是它的做派。我作《犬儒考古》、《一个犬儒主义者的手册》、《我们都是朗读者》、《中国故事西游记》、《另一个"古拉格群岛"》等文，是向学术大师和文章大师的致敬。力所不逮，便藏拙扬长，故而削减"学问"，延伸"思想"，往别人疏忽处提取新见。

我喜欢的第二类学术随笔，是"文中有学"之作。这一路学者作家中，我最喜欢陈平原。陈氏治学为文睿智，把学问做出了趣味，一个个现代文人和学者，一件件日常之事，经他蕴藉妙笔的叙述和渲染，都活色生香了。陈文的好处是元气充沛，思飞文丰，古韵庄雅，书卷气十足。——书卷气是内化之功，从小由经典和环境养出来的，当代成长起来的文人、学者和作家，在学养方面普遍先天不足，越是年轻者越缺少这方面的修养。就连诺贝尔文学奖获得者莫言也不由感慨：这种书卷气是童子功，是在长期的读书环境里边熏陶出来的，潜移默化之结果。没有童子功，后来无论怎么努力，也难臻化境。当然也可以引经注典，说很多掌故，但是那个味道不对。我辈更是先天不足，在该学习的岁月，时代不让我们学习，致使知识结构和学养多有缺损。年轻时没有意识到，直到五十岁后，才发现这一缺陷于我是多么严重，它很大程度上影响了我的学术研究向更好的境界发展。知识缺了可以后天学，理论缺了可以补，就连思想都可以借，唯有修养出来的"文之气"、"文之魂"则强力难为。我是一个对文章的品相和品质有要求的人，写作经验告诉我，想写出一篇好文章，实在是太难了。陈文的另一好处是可以一读再读、坐读卧读，读其文，品其味，是审美的乐事。这一路随笔难为，学养不到不行，作文功夫不到不行，感觉不到不行，三者足，方可成文。我作《仁德大师的人间情怀》、《高山流水自写心》等文，有意把文思和韵味做足，结果只及此境界之半。

平生无长技，只配亲近文字。文字有生命，在文字里呆久了，文字亦成为我的生命形式。我与文字朝夕相处，至今仍难及它的神韵。说到底，治学为文——以文字为生的人，与工人、农民、商人、演员、导演、编辑、管理员一样，都是形形色色的"手艺人"，活做得漂亮不漂亮，与一个人的能力和精神状态有关。春耕秋收，寒往暑来，"文章千古事，得失寸心知"。我以文字为生，这里记录的是我作为一个学人读书读人的感悟和思考，内中涵化着我的情感、经历和性格。

这本书里的多数文章，与我的《余华论》、《中国当代人道主义文学思潮史》等学术著作在研究对象及思想观念上有着一脉相承的关系，是述学的另一种形式。我与它们息息相通，读书读人，最终读出的是自己。

日子过得越来越快，猛然想起，父亲去世已经八年多了。八年多来，我在思念中与父亲默默地对话。一直想写一篇悼念父亲的文章，竟然没写出。父亲出身贫寒，没进过学堂，他的文化知识是战争年代在部队开始学，后来在工作中一点一点积累起来的。父亲特别看重我的学问和文章，我出版过十多本书，不曾正式地送过他一本。有些事错过就错了，追不回来，只能愧疚。这本书虽然采用学术随笔形式，却是和我最贴心的一本书，其中满含着我对父亲母亲的深厚情感。他们的苦难经历、坎坷人生、坚韧仁善的性格以及超然豁达的生活态度丰富了我的思想情感，通过他们，我更深入地理解了福贵、家珍、许三观、仁德大师、康巴阿公、"叛徒"何曼、汉娜、金陵十三钗、章永璘等形象。

谨以此书献给父亲在天之灵!

王达敏
二〇一五年四月十日

我们都是朗读者
——读本哈德·施林克《朗读者》

德国作家本哈德·施林克的《朗读者》,一本十来万字的长篇小说,我仅用一个晚上就读完了,可为了理解它,竟然花了好几个月时间。在我几十年的阅读生涯中,这是一次难忘的经历,它让我见识了当代西方文学的一个实质性的变化:小说不是越写越长,而是越写越短。我再次领略了什么样的小说才是真正意义上的好小说、经典之作。

谁是真正的朗读者

我和《朗读者》极投缘,它是我的"中国当代人道主义文学思潮史"做到世俗人道主义时,仿佛是为了印证我的观点并拓展我的思路,适时与我相遇的,先是小说,后是电影。

在这之前,我挨个阅读观看了描写"二战"特别是描写纳粹集中营的小说和电影,自然多是那些风靡全球的名作。现在回想起来，几乎每部作品都使我感动、沉思甚至灵魂震撼。我对当代西方作家如何看待战争、描写战争，以及人道主义在其中的逻辑"演进图"，渐渐有了清晰的了解：从谴责战争、同情受害者、抒写极端处境中的美好人性，到反思战争进而反思人类自身。

战争是人类的战争，对战争的反思最终要落到人类自身。人类发动战争有种种借口，但总是把真实的意图深深地隐藏起来。反思的思维非常锋利，可以穿透时空，直达人类的痛处。反思是哲学的独门绝技，巅峰时刻。让反思钻探历史和人性的当代西方小说，越来越呈现出哲学化倾向，《朗读者》尤其突出，它形为小说，心为哲学，其哲学思考的水平可以与齐格蒙·鲍曼的《现代性与大屠杀》和汉娜·阿伦特的《极权主义的起源》等研究"二战"、纳粹集中营和纳粹主义的哲学著作相媲美。

哲学好埋藏，好追问。《朗读者》的叙述单纯简洁，但在明晰的叙述里却蕴含着意义的丰富性，弥漫着理性的气质，而这一切均由环环相生又环环相扣的潜在追问串联起来。十五岁的少年米夏和三十六岁的电车售票员汉娜的性爱是纯粹的爱情，还是纳粹罪恶的延续？汉娜为什么要隐瞒不识字的事实，难道做文盲比当罪犯更加可耻吗？米夏为什么在已经发现汉娜不识字的事实时，没有及时向法庭指出？真正的罪恶者究竟是汉娜还是纳粹的官僚体系？同情汉娜、理解汉娜是否意味着为纳粹开脱罪行？提前获释的汉娜为何在没有任何迹象的情况下，于出狱的当天清晨自杀？

对于我，最先发出的似乎是一个不言自明的追问：谁是真正的朗读者？谁是被朗读者？可就是这个简单的问题，一经追问下去，便出神入化，不仅朗读者与被朗读者互为，而且主动者与被动者也由单数变成复数。

这是一个由朗读引发的故事，朗读者和被朗读者共同把握叙事方向。得了黄疸病的十五岁中学生米夏，在回家的路边呕吐，三十六岁的电车售票员汉娜伸出援手照护他，把他送回家。两次接触后，他们迅速地有了隐秘的性爱关系，开始了一生无法剪断的纠结。他和她幽会，应她要求为她朗读，然后一起洗澡、做爱、并卧。直到有一天，汉娜突然消失，从此杳无音信。八年后，当米夏再次见到汉娜时，却是在审判纳粹分子的法庭上。米夏作为法律系大学生，跟随教授参与法庭讨论班时，发现汉娜作为"二战"罪犯坐在被告席上。汉娜曾经做过纳粹集中营的女看守，她被指控有罪而获刑。米夏却从庭审中发现了一个惊人的秘密：汉娜不识字。这就是她为什么总让米夏和别人给她朗读，放弃西门子的提升，而去纳粹集中营当一名女看守的原因。庭审中，她因誓死隐瞒不识字的秘密，心甘情愿地承担了罪名而被判终身监禁。汉娜入狱的第八年，米夏不断地给她寄朗读磁带，但从不去探望，也没有给她写过信。直到汉娜提前释放时，他才去看了她，并为她安排好了出狱后的生活。但是,就在出狱的当天清晨,汉娜自缢了。

小说分明给出了答案,米夏是朗读者,汉娜是倾听者。我的感觉一直在提醒我,别大意,这里有玄机。它叫我用心留意米夏的眼睛和汉娜的内心,我一刻也不敢放松。朗读是一种交流形式,当思考最终在一天将我的目光从"读文"引入"读人"时,我顿悟般地豁然开朗,意蕴洞开。

不错,米夏是个相当出色的朗读者。他为汉娜朗读名著名作,同时,他又在朗读汉娜这个人,可以这么说,汉娜是被他朗读出来的。他实际上是双重意义的朗读者,既为汉娜朗读作品,又朗读汉娜这个人。而汉娜,既是倾听者,又是被朗读者。由于被朗读者汉娜与更大的背景相联系,米夏朗读的内容就更加丰富了。他从朗读汉娜开始,进而朗读出了战争、纳粹集中营、现代科层制与大屠杀、战争罪恶的遗传性。作为读者的我们,跟着朗读者而朗读,于是,我们都成了朗读者。

朗读者具有自我反思能力,米夏在朗读汉娜时,同时也完成了对自我的朗读,而读者在朗读《朗读者》时,又何尝不是在朗读自己?我们不是汉娜,然而,我们每个人的心中都有一个汉娜,如今四五十岁以上的中国人,谁敢说自己身上没有"汉娜"的影子?在这个过程中,通过朗读,我们的角色悄悄地被置换了,由朗读者变成被朗读者。更确切地说,朗读者和被朗读者共存于朗读之中;是朗读控制着朗读者和被朗读者,或者说,是朗读者和被朗读者借助朗读而互相控制、互相朗读。还是那句话:最简单者最丰富。对于这部小说来说,我实在想象不出能有哪个名字比"朗读者"更有张力更完美。

朗读者朗读什么

朗读者朗读什么?亦可以换个表述作这样的追问:施林克在《朗读者》里要表达什么?巧了,中文版《朗读者》前有编辑袁楠对施林克的访谈,文中有施林克对这个问题的回答:

> 然而在这个人化和德国化的题材上,人们看到了包含在其中的某些相通共同的东西:人并不因为曾经做了罪恶的事而完全是一个魔鬼,或被贬为魔鬼;因为爱上了有罪的人而卷入所爱之人的罪恶中去,并将由此陷入理解和谴责的矛盾中;一代人的罪恶还将置下一代于这罪恶的阴影之中——这一切当然都是具有普遍性的主题。

> 是爱将米夏卷入了汉娜的罪责之中;是爱,孩子对他们的父母、亲人、老师和神父的爱将战后一代卷入了他们上一代人的罪恶之中。

通过汉娜和米夏,我想表现的是,第三帝国是如何在那些一起参与了建设和维护它的人身上打上烙印,如何给世界和战后一代留下印记,它又造成了什么样的罪责感。

战争结束了,但战争罪恶还在蔓延侵蚀,祸及正在成长的下一代,不亚于另一场战争。这表明,残酷的战争不仅是战场上毫无人性的杀戮,更像是一场瘟疫、一种慢性毒药,种族灭绝的大屠杀的阴影同样留在战后第二代人的心中,对他们的成长造成了深刻影响。小说在叙述者"我"即战后一代的中学生米夏与纳粹罪犯汉娜有了亲密关系之后,进而追问:我们所爱的人或亲人在集体无意识的处境中犯了罪是否值得原谅和同情?当米夏还是一个从书本里找知识的法律系大学生时,他的答案是否定的。在教授组织的"集中营讨论班"上,作为德国战后成长起来的一代大学生,他们理直气壮地要把上一代都放到审判席上,"把他们暴露在羞耻之下,以这种办法对他们进行审判"。他们当时甚至还把在战争中什么都没有做的双亲也判了罪,因为"他们没有在一九四五年后把那些作恶者从人群中告发出来,而犯了知情不报的罪"。

书本不敌现实,当米夏亲临法庭现场时,他的情感因难以承受强烈的刺激而麻木了,理智告诉他汉娜有罪,但情感却极力要他为汉娜开脱,这样单纯秀美的女人怎么会有罪呢?以至于米夏对汉娜的罪行既理解又谴责,双管齐下,每当他极力去理解她的罪行时,仿佛原本应该谴责的罪行,却变得不那么应该谴责了;而每当他试图强迫自己去谴责她的罪行时,好像本来可以理解的罪行,又变得不那么可以理解了。他想理解和谴责兼得,但他根本不可能找到任何可以兼容的空间。他仿佛被注入了麻醉剂,失去了判断能力。

情感麻木是一种无助的精神状态,它有一个作用,"让我成为自己生活的局外人,冷眼旁观"。米夏很快发现,整个法庭都弥漫着令人昏昏欲睡的麻木气息,而最不应该麻木的法官和陪审团,其麻木不仁的程度最为严重。

拨开麻木的表象,深入其中,发现麻木者的麻木状态是精神受到深度伤害的结果,"我一旦深究这种铺天盖地的麻木不仁,也就同时深挖出一件实事,那就是它不但沉沉地压在犯罪者和受害者身上,即使是我们所有人,我们的法官、陪审团、检察官或者书记员等等,他们天天要面对这些事实,也深受影响"。审判纳粹罪行的法庭竟然被处于衰变之中的纳粹暴力所施虐,可见战争罪恶病菌的杀伤力有多么强烈。

无论是纳粹罪犯、受害者、幸存者,还是法官、陪审团、检察官;广而推之,无论是政府官员、参战军人、教师、医生,还是我们的父辈;最后,自然还包括战后的第二代，他们都是带菌者。米夏常常反躬自问：我们这些第二代德国青年是否应该在惊愕、耻辱和负罪中继续沉默下去，理智会说："不能！"但他又满怀侥幸心理，觉得麻木自己是做对了，"只有这样，我才能重新回到我的生活里去，也才能继续生活下去"。

这是战后德意志民族典型的精神状态，既害怕正视残酷的历史，又不愿直面沉重的现实。何处安顿精神，唯有麻木！这是比米夏突然发现汉娜不识字更让人震撼的现实！

谁之罪

一切都是战争惹的祸。希特勒和他的纳粹党把整个国家绑在战争这台疯狂的杀人战车上，大肆屠杀无辜的犹太人。大屠杀的始作俑者希特勒是个极端的种族主义者，他坚信耶稣不是犹太人，犹太人就是出卖耶稣的那个犹大的后裔，因而犹太人是一个罪恶的民族。在被当作纳粹党"圣经"的《我的奋斗》一书里，希特勒狂热地宣扬种族优劣论，认为"所有的文明都起源于白种人"，在所有人中，"白种人最高贵"，而"雅利安人又是白种人当中最高贵的人种"。犹太人始终只是其他民族身上的寄生虫，"像一种有害的芽孢菌那样扩散着"，他们在哪儿出现，被寄居的民族或迟或早就会死亡。因此，要保住雅利安人的纯种，必须把犹太人赶尽杀绝，使其从地球上彻底消失。一九三三年希特勒出任德国总理，继而于一九三四年成为德国元首，他凭仗至高无上的权力，将反犹排犹纳入国策，但对犹太人进行公开的大规模的血腥屠杀是从"二战"开始的。随着战争的不断扩大激烈，纳粹德国的国家机器全部发动起来，对犹太人实施了一场有组织、有计划的灭绝性大屠杀。这种大屠杀是在一个实现更美好的社会的合法化外衣下进行的，国家官僚体系和现代技术向它提供了系统工程所需要的一切，社会的顺从和麻木给它亮出了"道路畅通"的信号。效果自然十分显著，六百万犹太人，其中一百五十万是儿童，最终成为纳粹大屠杀的终端产品。

战争一旦上升到国家和民族的层面，除少数战争的发动者和好战分子外，多数人是在保卫国家的名义下被迫参战的，尤其是那些普通民众，更是身不由己地被战争恶流所裹挟。他们面临着两难选择，不顺从国家意志，就是对国家不忠，就会遭到惩罚，轻者受排斥，重者被判罪甚至丧命；而顺从国家意志参战，其命运随国家命运大起大落，胜者为功臣，败者成罪犯。《朗读者》中的汉娜，既是战争中间接的施虐者，又是战争之后直接的受害者。汉娜是极其单纯的人，她参加纳粹充当集中营看守，是因为这份简单的工作可以隐瞒她不识字的真相。她没有犯罪意识和罪恶感，在她看来，她所做的一切，都是职责范围内的事。她心安理得地挑选女囚犯到奥斯维辛集中营去受死，认为这是奉命行事；面对数百犹太人被困在教堂里被活活地烧死,她没有及时施救,理由是事情来得太突然,看守和囚犯都惊慌失措,不知如何去救人。而在她的观念里,她认为那些受害者是犯人,死了固然可惜,放出来却更要不得!所以,她当时考虑得最多的是如何维持秩序,防止囚犯逃跑,而不是开门救人。作为押送囚犯的女看守,在当时特定情况下,汉娜维持秩序,防止囚犯逃跑的做法,是忠于职守的表现。让她想不到的是,她越是尽职尽责,执行任务的效率就越高,造成的伤害就越大,其结果,她的罪行就越重。

但这一切究竟归罪于谁呢?汉娜该怎么办呢?汉娜不知怎么办,所以,面对审判长的询问,她反问:"要是您的话,您咋办?"这又让我想起纽伦堡审判,阿道夫·艾希曼在法庭上自我申辩,他说他的所有行为都是职务行为,都是为了完成上司交付的任务。汉娜也是。但这并不能构成他们可以避罪的理由。关于德国普通民众在纳粹掌权期间的间接犯罪的行为,要不要追究,怎么追究,一直是个争论不休的话题。二〇〇四年九月,反映奥斯维辛集中营大屠杀的长篇纪录片《浩劫》(九小时)在北京大学放映,导演朗兹曼与观众对话,当他被问到那些坐在办公室里的纳粹公务员和在庞大的权力系统中工作的纳粹军官,他们在对屠杀犹太人或知情或不知情的情况下,应该负多大责任时,朗兹曼毫不犹豫地说:应该负全责!因为"他们是办公室杀手!"

现在要回答的问题是，像汉娜这样的普通女看守，为何失去判断能力？为何犯罪而不自知？齐格蒙·鲍曼在《现代性与大屠杀》一书中，对此作了精辟的分析。依据事实，并以通常的标准来看，实施大屠杀的大部分纳粹党卫军是正常人，只有百分之十的纳粹党卫军是"不正常的"。许多幸存者说，大多数集中营里通常只有一个或最多几个纳粹党卫军是惨无人道的。大部分人虽然算不上善良，但他们的行为却是可以理解的。甚至是对大屠杀负有责任的机构，在通常的社会学意义上也不能说是病态的或者失常的，那些参与了集体屠杀事务的人，"既不异常地具有虐待性也不异常地狂热"。例如，党卫军在招募特别行动队成员和其他接近屠杀现场的人时，也会格外小心地禁止或开除所有异常急切的、性情中的、意识形态立场过于狂热的人。即使是纳粹党卫军头目，也是"依赖于组织惯例而不是个人热情，依赖于纪律而不是意识形态的沉迷"。

这些普通的德国人是如何转变为纳粹集团罪行中的刽子手呢？鲍曼转述凯尔曼的研究，指出反对暴行的道德自抑在三种条件下会受到损害，这三种条件无论是单独出现还是合到一起都会起作用。其一，暴力被赋予了权威（通过享有合法权利的部门的正式命令来实现）；其二，行动被例行化（通过规章约束的实践和对角色内容的精确阐述来实现）；其三，暴力受害者被剥夺了人性（通过意识形态的界定和灌输来实现）。

第一个条件是组织纪律原则，更确切地说，要求服从上级的命令，被视为高于其他一切的奉献和承诺，是"最高的美德"，从而否定个人良知的权威性。第二个条件是大屠杀在技术和管理上，娴熟地运用了现代官僚体系和现代技术所提供的"道德催眠药"。其中最显著的两种情况是，在一个复杂的互动系统中，自然而然地看不见因果关系，以及将行为的有碍观瞻或者道德上丑陋的结果"放远"到行动者看不到的地方。正如现代大型生产流水线，每个人都参与了产品的生产，但绝大多数人不与终端产品见面。大屠杀作为一个庞大的系统工程，由于许多参与者不直接面对屠杀对象，只是坐在办公室里填写与屠杀有关的表格，下达有关文件，却浑然不知自己已经参与了大屠杀。即使知道，他们也不会对自己有真正的谴责，因为他们有充分的理由辩解：我没有杀人！更何况是目不识丁且思想单纯的汉娜，她没有亲手杀过一个人，所以她不觉得自己有罪。正因为如此，大屠杀的真相在大多数参与者那里被掩盖了。第三个条件是使受害者的人性从视野中消失，其方法是剥夺犹太人在日耳曼民族和德国共同体中的公民权。"科学的理性计算精神，技术的道德中立地位，社会管理的工程化趋势，正是现代性的这些本质要素，使得像大屠杀这样灭绝人性的惨剧成为设计者、执行者和受害者密切合作的社会集体行动。"

汉娜是"被犯罪"，可谁来为汉娜的犯罪负责呢？答曰：无人为她负责。她被战争出卖、被国家抛弃了，所有的罪责只能由自己来承担。对于一个被迫卷入战争的汉娜来说，要她承担战争罪责，实在有些不公平。施林克站在人道主义立场描写汉娜倒霉不幸的悲剧命运，这里面有同情，有理解，有反思，有批判，但他显然不是仅仅止于同情水平的人道主义作家。他写汉娜这个人物，是因为汉娜身上隐藏着战争和人类的许多信息，朗读她，可以解开战争和人类的秘密。

"为了守护秘密，你会走多远？"印在小说封面的这句话，暗示着对汉娜人生态度的否定，而不羞于解开人类的秘密，我们才会走得更远！

二〇一一年十月十五日

世界因为她的离去而损失良多
——读张纯如《南京大屠杀》

一九九七年十二月,美籍华裔女作家兼人权活动家张纯如历时两年多完成的《南京暴行——第二次世界大战被遗忘的大屠杀》(*The Rape of NanKing*:*The Forgetten Holocaust of World War* II;中译本名为《南京大屠杀》)终于在"南京大屠杀"六十周年之际出版。这是第一本关于南京大屠杀的英文著作,一出版便震动华人世界,继而波及全球,并得到西方主流社会的关注和认可。

这一年,张纯如二十九岁。成功将她带入人生的高峰状态,这个集美丽、智慧、激情、正义于一身的女子体验到了从未有过的幸福感。任谁也没想到,七年之后的二〇〇四年十一月九日,这个事业顺遂、婚姻如意、家庭和美的女子,驾车到加州圣何塞附近的公路时,开枪自尽。消息传开,举世震惊。

张纯如之死事出有因,种种分析证明,是多种原因合力所致,而起主导作用的直接诱因,张纯如的丈夫道格拉斯说的最清楚：是工作害了张纯如。她多年来调查日军"二战"时期的暴行，接触的全是无比残忍和血腥的历史事实，一个个悲惨故事反反复复地让她陷入痛苦深渊，加上艰苦的采访和写作，最终导致她精神崩溃，是严重的忧郁症把她推向不归之路。这位才华横溢、美艳照人的正义天使，飘然来到这个世界，又飘然离去，"世界因为她的离去而损失良多"（斯蒂芬·克莱蒙斯），世界又因为她的离去而自我反思。

坐实历史

最近几年，我在研究中国当代人道主义文学思潮时，接触了大量描写犹太大屠杀的作品，发现这类作品从"二战"结束后的一九四六年开始一直持续至今，且呈深入发展之趋势，仅好莱坞从一九八九年以来的十几年间，就生产了一百七十多部描写犹太大屠杀的影片，产生了许多具有世界性影响的优秀之作。

犹太大屠杀题材既生产出大量作品，又生产出话语；话语的建构形成意识形态，其结果，欧洲的"屠犹"逐渐上升到"二战"历史叙述的中心位置，即"屠犹"已经成为一个世界性话语。而与"犹太大屠杀"一样惨烈的"南京大屠杀"却在历史的记忆中被遗忘。时至二十世纪九十年代，在张纯如的《南京大屠杀》出版之前，纳粹大屠杀在全世界家喻户晓，但是在美国，在西方，日本军队当年屠杀南京军民的历史事实，却很少有人知道。张纯如的这本书以及她发现和发掘出的资料，把这个被遗忘、被尘封的历史惨剧再现出来，使越来越多的西方人通过这本书知道了南京大屠杀的真相。受其启示和影响，近几年出现了《南京》、《南京！南京！》、《拉贝日记》、《南京安魂曲》、《金陵十三钗》等优秀作品。我们应该向陆川、张艺谋、严歌苓、哈金等导演和作家致敬，是他们的良知和人道主义思想穿越了历史，让曾经"缺席"的历史"在场"，接受现代的反思和人性的审视。

再现历史首先要坐实历史，换言之，再现"南京大屠杀"，首先要坐实原罪。战后的日本在美国的庇护下，不仅不向中国人民真诚道歉、认罪并主动作出赔款，反而极力减轻甚至掩盖当年的侵略罪行。于是，中国人记忆中的南京大屠杀在日本人那里，却成了子虚乌有的存在。张纯如采用《罗生门》的叙述方式，从三个角度坐实南京大屠杀真相。首先是从侵略者的角度叙述，即日本人记忆中的这个事件是怎样发生的，讲述的是一次有计划的侵略暴行——日本军队被告知要做什么、怎么去做，以及为什么去做。其次是从被侵略的中国人视角叙述，也就是中国人记忆中的南京大屠杀是怎样发生的，讲述的是一座城市，在政府无力保护其公民抗击侵略者的情况下发生的惨剧。但是关键的问题是，当时有没有一些在场的独立人士，能够证实中国或日本哪一方的说法属实。张纯如说她很早就把南京大屠杀的叙述焦点放在第三方的独立人身上，于是有三，美国人和欧洲人的解读。原来，日本入侵南京的时候，有西方的记者在场，他们亲眼目睹了一切，而且他们关于大屠杀的报道，传遍世界。当时在南京的西方人除了记者，还有传教士、医生、商人和外交官，他们中的很多人用日记和胶片记录了大屠杀的详细真相。张纯如努力寻找着各种能证实日军暴行的材料，在华盛顿的美国国家档案馆和耶鲁大学图书馆，她发现了大批非常有价值的关于南京大屠杀的原始材料，如魏特林日记。在后继不断的资料搜集过程中，张纯如最重大的贡献，是发现了德国商人约翰·拉贝的"战争日记"。因为"二战"中德国和日本同为轴心国盟友，而拉贝本人既是纳粹南京小组的负责人，又是南京安全区国际委员会主席，这就使他的记述具有别人无可替代的特殊作用。这些外国人在南京沦陷，中国政府和军队弃城出逃于百姓生死而不顾的危难之际，成立南京安全区国际委员会和国际红十字会南京委员会，冒着生命危险，拯救了二十万中国平民的生命，并就出现在眼前的暴行，向日本政府和军队提出过警告。

三个角度的历史叙述给南京大屠杀那段历史带来了极强的"在场"感，历史的再现由亲历者的口述和即时记录构成，为坐实原罪提供了一个基于事实和反思的牢固起点。

历史为何被遗忘

日本军队攻陷南京，违反战争惯例命令部队"杀掉所有俘虏"，被围困在南京城内的几万中国军人因此而惨遭屠杀；违反国际公法残杀平民。日军的暴行之疯狂之残忍，可谓骇人听闻，包括刀劈、活埋、烧死、冻死、射击、刺杀、溺毙、断肢、坦克碾压、纵犬撕咬、剖腹挑死婴儿，甚至用俘虏做活体解剖、吃人肉，其野蛮残酷的程度已经超过了纳粹。日军暴行的另一种形式是大规模地强奸了几万名中国妇女，"这是世界历史上规模最大的集体强奸事件之一"，"南京大强暴也许是战争时期对平民百姓施暴的一次最恶劣的事件"，暴露出日本人性堕落和性虐待已经达到野蛮非人的程度。面对日军疯狂残暴的大屠杀、大强奸，就连日本随军记者也感到震惊，他们以文字的形式将其报道出来。战后许多日本官兵的回忆，也充分证明了大屠杀、大强奸的存在。最初几天来自外国记者和日本记者采写的新闻被报道出来后，日本遭到了国际舆论的谴责。这时，日本政府和军队才匆忙掩盖军队的胡作非为，阻止外国人进入南京，同时开动宣传机器，制造粉饰太平的假象。

针对日军的新闻封锁和假象宣传，安全区领导人用日记、信件、时事通讯和影片记录了日军的暴行，并将这些记录偷偷地带出中国，将其公布于世。

一九四五年日本战败投降。一九四六年八月在南京对日本乙级和丙级战犯的审判，一九四六年五月至一九四八年十一月在东京对日军甲级战犯的审判，确定无疑地将日本发动战争的侵略性质以及战争暴行钉在了历史耻辱柱上，包括南京大屠杀，一切记录在案。日本发动侵华战争长达十四年，致使中国经济损失五千亿美元，三千五百二十万人死于战争。张纯如在华盛顿国家档案馆找到的许多原始资料中，有一份当时由东京打到驻华盛顿日本大使馆的电文，被美国情报局密码截获，电文称日军在南京沦陷时，杀死了中国军民三十万人。

"二战"结束，国际政治格局发生了变化，美国开始战略调整，需要在亚洲有日本这样一个国家作为盟友，对付以苏联为首的共产主义阵营。一九四六年一月二十日，美国参议员伯纳德在国会发表题为《战后美国之劲敌》的演说，强调"战后美国及自由世界之最大敌人是以苏联为首的共产党执政国家。对付这样的敌人在不排除进攻的前提下，应多从特殊的政治手段、外交手段、经济手段、文化手段进行渗透。行使上述特殊手段，当务之急是培养一批高水平的间谍人员。我为这样渗透取个新名词，叫冷战"。一九四七年三月十日，美国总统杜鲁门发表国情咨文，宣称"美国有领导自由世界，援助某些国家复兴的使命"，"以防止共产主义渗入"。"二战"的硝烟刚刚湮灭，另一场世界性的冷战继起。出于冷战的需要，美国突然改变战略决策,扶持日本,把日本视为具有重大战略意义的国家。华盛顿决定保持一个稳定的日本政府,以提高对亚洲共产主义力量的对抗。从审判日本战犯之日起,美国与日本就由审判与被审判的关系变为同谋关系,可以这么说,美国在日本历史失忆症中扮演了同谋角色。

一九四五年八月十五日裕仁天皇发布投降诏书,十八日麦克阿瑟奉命指挥四十六万美军进驻日本,开始了独自掌控日本的改造。对日本战犯的审判,从纽伦堡审判条例来看,参与国的美、英、苏、法四国是平等关系,但东京审判条例,强势的美国先入为主地把权力集中在自己身上,也就是集中在麦克阿瑟身上,这样一来,美国与各参与国成了上下级关系。就连美国最高法院推事史密斯也愤慨指出:"远东国际军事法庭不是真正的国际法庭,那是麦克阿瑟将军个人的法庭。将军自称代表国际,但并不能隔断他同美国政府首脑人物的联系。远东法庭,是麦克阿瑟按美国政府旨意办事的个人审议机关,谁死谁活,一切判决直接由他批准。"一场正义对非正义、对侵略、对战争暴行的审判,演变为国际政治的较量。麦克阿瑟按照美国政府的旨意,庇护战争首犯天皇,极力开脱日后对他们有用的战争罪犯,如世界著名的细菌武器和化学武器研究权威,在中国建立了万人细菌部队的石井四郎,一些该定为甲级战犯的人降为乙级,该逮捕的不逮捕,更为过分的是,他亲手批准释放了近两千战犯。"于是乎,冷战的紧张态势,许可日本逃脱了许多猛烈的鉴定性检查"。

由于有美国撑腰扶持,战后的日本迅速崛起,成为仅次于美国的世界第二大经济强国,在国际舞台上尤其在亚洲,成为美国全球战略的一枚重要棋子。南京大屠杀这个不该被遗忘的历史事件之所以在世界范围内逐渐被遗忘,主要原因是冷战。

但最根本的原因还在于日本政府特别是右翼势力不愿认罪道歉。当德国人已经不断地向他们大屠杀的受害者真诚道歉认罪的时候,日本领导人仍在顽固地坚持其参拜供奉着甲级战犯灵位的靖国神社的立场。很多日本人将战争罪行视为个别士兵的孤立行为,或者不顾历史事实,死死地一口咬定,南京大屠杀根本不曾发生过。对于说出战争的真相者,会受到恐吓、丢掉饭碗、甚至丧命的威胁。由日本文部省严格审查、批准的教科书,极力隐瞒南京大屠杀的历史。

针对日本战后对其战时的侵略行径及其暴行的毫无悔意,张纯如在最后一章以《不容再次凌辱》为题,指出拒绝认罪是另一种罪行的开始,她引用诺贝尔和平奖得主维厄瑟尔的警告对此作注:"遗忘大屠杀,就是第二次屠杀。"

基于反思的历史叙写

与日本相比,"二战"的另一战败国德国战后对屠杀犹太人的暴行表现出极度的忏悔,联邦德国的历任总统和总理都在不同的场合代表德国人民向受害国、受难者表示道歉和忏悔。一九七〇年十二月七日,对捷克、波兰进行国事访问的联邦德国总理维利·勃兰特,冒着凛冽的寒风来到华沙犹太人死难者纪念碑前。他献上花圈,肃穆垂首,突然双腿下跪,并发出祈祷:"上帝饶恕我们吧,愿苦难的灵魂得到安宁。"与此同时,当时的德国总统赫利也向全世界发表了著名的赎罪书。勃兰特在波兰犹太人纪念碑前下跪谢罪,被誉为"欧洲约一千年来最强烈的谢罪表现",一九七一年十二月三十日,勃兰特因此获得了诺贝尔和平奖。一九九五年六月,科尔总理继勃兰特之后,再次双膝跪倒在以色列的犹太人受难者纪念碑前,重申国家的歉意。德国还在首都柏林著名的勃兰登堡门附近建立了由二千七百根方柱组成的纳粹大屠杀受害者纪念碑,这使得希特勒的后裔深感强烈的耻辱而决定不结婚生育,让那个罪恶家族从此断种绝根。更为重要的是,战后德国主动表达了"忏悔"与"赎罪"之意,且见诸行动,并以立法的形式将其制度化、法制化:官方正式向战争中受德国侵犯的受害者道歉;赔偿受害者及战争期间被德国所奴役的劳工;公开战争期间的档案资料;坦承战争期间所犯的罪行,还将"否定大屠杀"的言行视为违法;教科书中如实撰写"二战"历史,明确规定学校必须讲授关于犹太大屠杀的历史;处罚战争罪犯;指认战争罪犯;归还战争期间所掠夺的财物；纪念战争受害者；等等。

《南京大屠杀》打开了全球华人记忆的阀门，对于迫使日本反思"二战"罪行的国际运动起到了决定性作用。在美国华人的保卫钓鱼岛运动和对日本索赔运动中一直很活跃的陈宪中，对这本书的影响有过这样的评价："以对美国主流社会的影响力来说，很多华人团体十多年的努力总和，都比不上张纯如一本书的力量大！"

其影响在文学艺术中的表现，是"南京大屠杀"在张纯如死后已经成为一个热门题材，就我所知，电影有中国拍摄的《南京！南京！》、《五月八日》、《栖霞寺一九三七年》、《屠城血证》、《金陵十三钗》，中外合拍的《拉贝日记》、《黄石的孩子》、《南京浩劫》、《美国女神》，美国拍摄的《南京》。小说有哈金的长篇《南京安魂曲》和严歌苓的长篇《金陵十三钗》。

能够看出，这些电影和小说的取材，多来自张纯如的这本书，以及她发现和发掘的原始资料，如拉贝日记、魏特林日记等。张纯如身前最大的心愿是将《南京大屠杀》拍成世界级的电影，但这部影片直到二〇〇七年才拍摄制作完毕，二〇〇八年上映，它就是中美合拍的《南京浩劫》。据张纯如母亲张盈盈回忆，张纯如希望影片中能够有几个主角，如约翰·拉贝、魏特林、罗伯特·威尔逊、唐生智、李秀英、一名日本兵或日本记者。我没有看过电影《南京浩劫》，但现有的多数电影、纪录片和小说，都浓墨重彩了拉贝和魏特林。张纯如希望电影中有一个日本士兵或一个记者,在阻止暴行和遵守命令之间挣扎。这个角色最终必须牺牲,以表明反战的日本人民可能遭遇的处境。这个角色要么是一个违抗命令而被处决的士兵,要么就是一个叛逆的记者,为了寻求真相和良心而失去了自己的职业地位。这是一个既基于第一种角色的反思,又是一个基于人性和人道主义的叙写,她的这个心愿终于在陆川导演的《南京!南京!》中实现,这个角色就是日本军官角川。在目睹了惨烈的灭绝人性的大屠杀之后,角川内心承受不了巨大的折磨而自杀,表现了人性在毁灭之际的裂变、觉醒与抗争。

我对陆川、张艺谋、严歌苓、哈金、刘恒等导演和作家用良知、人性和世界眼光进行艺术创作的精神深表敬佩,我更希望电影人、媒体和广大观众读者对张艺谋等艺术家、作家的作品多一份理解和宽容,少一份先入为主的一概否定。

二〇一二年九月六日

枪口下的人性
——《第四十一》与战争文学

苏联作家拉夫列尼约夫一九二四年发表的中篇小说《第四十一》已经进入世界文学经典之列，但与《战争与和平》、《复活》、《罪与罚》、《悲惨世界》、《约翰·克里斯朵夫》、《静静的顿河》、《古拉格群岛》等经典之作相比，它只能是参天大树旁的一棵小树。拉夫列尼约夫是幸运的，可是他的作品数量对他极为不利，在巨星云集的俄罗斯文学史上，即便是在当时的苏联文坛上，他写的那点东西根本算不了什么。若无《第四十一》，可以断定他无法成为世界性作家，甚至连能否成为苏联优秀作家都大可怀疑。

首先，是《第四十一》幸运。就凭它在荒岛上演绎的那么一段爱情故事，要想在人性描写、爱情描写有着深厚传统的俄罗斯文学中脱颖而出，简直是天方夜谭，何况它还有移植《鲁滨逊漂流记》情节之嫌。它的经典性归功于它的开创性，拉夫列尼约夫摆脱战争文学的思维模式，超越狭隘的阶级观念，站在人性、人类的立场，描写了一场另类战争，为战争文学撕开了一个偌大的裂口。透过这个裂口看进去，里面叙写的不是战争敌对双方的正面拼杀，血流成河，而是枪口下的人性，即战争与人性、战争与爱情、阶级性与人性的内容。阎连科说，在苏联的战争文学中，在那一大批优秀的战争中篇小说中，我认为能够进入世界文学行列的应该首推《第四十一》。这本早在一九二四年问世的小说，是那样明确地通过战争来深入地探讨枪口下的人性。它的深刻与明确，对后来苏联"前线一代"作家的"战壕文学"产生了深远的影响，我们在阅读许多有关卫国战争小说时，会想到其中涉及的人性描写都与《第四十一》有某种联系。而在描写人性这一点上，后来者也只有拉斯普京的《活下去，并且要记住》能够与《第四十一》相提并论。战争文学如何超越战争文学，《第四十一》具有开创性意义。

九十年前浪漫悲伤的故事至今仍然浪漫悲伤：一支红军残部从死亡的包围圈里突围出来，向卡拉·库姆沙漠撤退。二十几人的队伍中，唯一的女战士马柳特卡是位出色的神枪手，她已经击毙了四十个白匪。撤退中他们在沙漠遭遇了一支白军的骆驼队，战斗中，马柳特卡以为射死了白匪军官，这是她枪下的第四十一个。但这次她失手了，近卫军中尉戈沃鲁哈·奥特罗克成了俘虏。政委叶甫秀可夫命令马柳特卡看管俘虏撤退。在穿越沙漠，接着驾船穿越阿拉尔海而向卡查林斯克（红军司令部所在地）进发过程中，船身被巨浪撕裂拆毁，马柳特卡和中尉被波浪冲到一个荒岛上。他们在这个岛上生活下来，小岛与外界隔离，此时正值冬季，人迹罕至，周围是茫茫大海，什么时候他们才能够得救，无法预测。在这样一种无助的绝境里，他们的阶级性渐渐地消失，自然人性随生命的依存和爱情的萌发而苏醒。这两个阶级不同、信仰不同、文化修养不同、理想追求不同的青年男女开始恋爱了。突然有一天，一艘白匪大船向小岛驶来，中尉欣喜若狂地向船奔跑过去。这时候，马柳特卡的阶级性又觉醒了，她毫不犹豫地举枪射击，中尉终于成为她枪下的第四十一个亡魂。中尉一头栽进水里，马柳特卡抱着他的尸体痛哭，"蓝眼睛……我的蓝眼睛……"此刻，马柳特卡爱恨交织，追悔莫及，伤心伤意的哭泣声中，饱含着复杂而深重的情感内容。

拉夫列尼约夫出身于知识分子家庭，一九一一年就读于莫斯科大学法律系，毕业后投身于第一次世界大战，十月革命后参加红军，一九一九年因伤退役。此后他从事文学创作，写出了《第四十一》、《风》、《一件普通事情的故事》、《黑海舰队小兵之歌》、《为海上的人们祝福》等小说和剧本，其作品主要以十月革命和国内战争为背景。按理说他应该站在坚定的无产阶级立场，写出那种完全符合无产阶级思想、情感和立场的小说，表现红军战士的英雄气概，白匪的残忍凶狠，进而表现正义战胜非正义、革命战胜反革命、善战胜恶。拉夫列尼约夫站在人性立场写作，对红军和白军一视同仁，直逼枪口下的人性演变，竟然让红军女战士马柳特卡与成为俘虏的白军中尉奥特罗克由看管与被看管的关系演变为爱情关系，一曲阶级仇恨剧变成一曲浪漫的爱情剧。二十世纪二三十年代的苏联，充斥着残酷血腥的政治斗争，专制主义肆意暴力，很多知识分子、文学家、艺术家以及红军高级将领被秘密逮捕，或被杀害，或被关押、流放。即便在这种极其恶劣的情况下，苏联作家还是写出了《第四十一》、《静静的顿河》（肖洛霍夫）、《逃亡》（布尔加科夫）、《骑兵军》（巴别尔）等优秀作品。之所以能够如此，一是因为苏联文学有俄罗斯伟大的人道主义文学传统作为深厚的思想资源，有托尔斯泰、陀思妥耶夫斯基、普希金、莱蒙托夫、果戈理、屠格涅夫等一大批文学大师作为精神导师。二是因为许多有良知、有骨血的苏联知识分子秉承了俄罗斯民族理想主义的精神传统。被称为"二十世纪俄国的黑格尔"、俄罗斯"新精神哲学"人道主义的代表性人物、"当代最伟大的哲学家和预言家之一"的别尔嘉耶夫说：俄罗斯知识分子是俄罗斯现象，具有俄罗斯民族的特点。在俄罗斯，"知识分子是完全特殊的、只存在于俄罗斯精神和社会之中的构成物"，知识分子是一个不切实际的阶级，"这个阶级的人们整个地迷恋于理想，并准备为了自己的理性去坐牢、服苦役以至被处死。知识分子在我们这里不可能生活在现在，他们是生活于未来，有时则生活于过去"。他们追求理想、自由、正义，同情丧失了社会地位的人与被欺负、被侮辱、被迫害的小人物,反抗暴政、宰制、庸俗的现实,"志在未来、向往更好的、更加公道的生活"。如此二因,使得在政治高压下的许多苏联作家,甘愿冒着生命危险,也要写出真正的人道主义文学。

拉夫列尼约夫的意图一目了然,表现战争中的美好人性——枪口下的人性。如果不是最后那一枪,《第四十一》简直就是一篇纯粹的浪漫主义的战地爱情小说;是最后那一枪,射出了战争与人性、阶级性与人性的命题。战争是无情的,人性是美好的。人性能够超越国家、民族、阶级,同时又存在着被阶级性挑拨、离间乃至毁灭的巨大风险。小说中的马柳特卡和奥特罗克是两个心地善良且有着理想的青年,他们因出身和社会地位的不同,并在偶然性的召唤下加入了不同的阶级阵营。马柳特卡是一个孤儿,在一个芦苇丛中的小渔村成长,贫穷生活中的劳作磨砺了她的意志。她参加革命首先是为了生存,在此之上她预设了一个理想:革命是为了创造一个新世界。这是一个富于幻想的姑娘,时常"陶醉在白日梦中"幻想,并用同样的热情陶醉于写诗。虽然她的诗写得很糟糕,但她对诗歌、对有文化的人极其崇拜。这样一个幼稚未脱、天真烂漫的文艺青年,是最适合恋爱的。尽管她是一个坚强的红军战士,一个战绩优异的神枪手,但这并不妨碍她与风流倜傥的白军中尉相爱。

而被马柳特卡俘获、看管的白军中尉奥特罗克,出身于富贵之家,受过良好教育,从骨子里透出优雅高贵气质,一副绅士派头,自尊自律有修养,浪漫幽默有情调,从他身上看不到一丝白匪的"匪气"。他修长的双手,温柔的声音,清秀的嘴唇,尤其是那双像海水一样蓝的眼睛,激起了马柳特卡的爱慕之情:

> 马柳特卡目不转睛地望着他,忽然问道:"有一件事我怎么也琢磨不透,你的眼睛怎么会这么蓝呢?我这一生中还没在哪个地方看到过你这样的眼睛,像大海一样蓝,掉进去真有可能被淹死。"
> "我也不知道,"中尉说,"天生如此,很多人都说它的颜色很特别。"
> "的确如此!刚刚抓住你的时候,我就在心里想:这人长着一双什么样的眼睛啊?真是太危险了!"
> "对什么样的人危险?"
> "对女人呗。在你还浑然不觉的时候,它已经钻进你的心里了!真是一双搅得人心神不定的眼睛啊!"
> "打动你了吗?"
> 马柳特卡的脸红了。

这哪里是红军女战士对白军俘虏的看管,分明是纯情少女对美貌男子的一往情深。根据弗洛伊德的理论,文学作品中的人物某种程度上是作者情感的投射。看得出来，作者是一位情感丰富的小说家，他要在马柳特卡对中尉的热恋之中淡薄阶级观念，褪去身份面具，从小说的描写来看，马柳特卡的情感演进到这一步还算自然。但她得知中尉的身世和理想后，就把中尉整个人——连同他的过去一并装进心里去了。

中尉出身世家，在优雅自由的生活环境中度过了无忧无虑的学生时代。在他还是攻读语言学的大学生时，战争断送了他的读书生涯，他听从父亲的忠告，祖国的呼唤，背负着家族的名誉、声望和公民的职责当了军人。对于普通军人，战争意味着流血牺牲，除此，他们还要承受意志和理想被战争暴力摧毁的可能。一心向往清净和平的中尉由此厌恶战争，憎恨根据种种崇高理由命名的战争，"除了自己心中的真理之外，什么我都不信了！"因祸得福，令中尉怎么也想不到的是，他成了红军的俘虏，特别是与红军女战士马柳特卡流落到荒岛之后，度过了"最有价值的时光"，他觉得自己的生命复活了。这个小岛是他和马柳特卡的伊甸园，在这里"我不会担心与全世界处于敌对状态，不会担心自己一个人孤立无援，而是与外界的一切融为一体，觉得自己就是这个宇宙不可分割的一部分"。人与人的情感是相通的，马柳特卡也觉得自己的生命在这里绽放光彩，她温情表白："我在这里很幸福！"就这样，"死亡之岛"沐浴爱情之光而变成"人性之岛"、"心灵之岛"、"幸福之岛"。

我说最后那一枪射出了战争与人性、阶级性与人性的命题，实际上，这一枪既是马柳特卡射击的，也是作者射击的。他要让这一枪惊醒伊甸园般的小岛，摧毁马柳特卡和奥特罗克的爱情之梦。这一枪还带出一个巨大的问号：在人性与阶级性的激烈搏斗中，最终是人性战胜了阶级性，还是阶级性战胜了人性？从人物行为的结果来看，是无意识状态的阶级性突然冲出击毁了人性，但从人物情感的反应来看，则是柔美坚韧的人性对阶级性的再次超越与否定。这个结局是作品及作者都需要的，它在出发前就预设好的。从马柳特卡押着中尉向沙漠撤退开始，作者就用他那双"看不见的手"，将他们一步一步地引向大海之中的荒岛。一到这个小岛，他们就会脱去裹在身上的"意识铠甲"，生命由此而鲜活起来，接下来所发生的一切，都是他们在这个特定环境中的自然表现，就连最后那一枪也变得合情合理了。虽然这里面有作者的主观意图，但意识的主动力来自马柳特卡。可以设想，在中尉欢快地奔向大船时，马柳特卡在那一刻的所有反应带有很大的无意识成分，白匪大船的临近，惊醒了她的阶级意识，她突然意识到这个向大船奔跑的中尉实际上是她的敌人。中尉不听命令忘乎所以地朝大船奔去，在马柳特卡看来，他的行为除了阶级性的离间，还有对爱情背弃的因素，因此，她在那一刻举枪射击是自然之所为。

从这个意义上来说,《第四十一》是一部意图明确、带有实验性质的小说。莫言阅读《第四十一》后阐释:这个小说实际上提供了一个人类灵魂的实验室。试验在这样一个特殊的环境里,人性和阶级性会怎样地斗争和较量,最后会发生什么样的变化。这样的环境是虚构的,但实验的结果是真实的,令人信服。拉夫列尼约夫虚构这么一个荒岛,然后把这样两个人放进去进行考验,在人性逻辑上是正确的,因为他揭示了人性当中最合理的部分。但莫言对小说结尾的描写不甚满意,他认为这个"灵魂实验室"的难度还不够大,以他奇思妙想,应该让马柳特卡生一个金发碧眼、非常可爱的小宝宝之后,白匪的船再到来。这个时候,马柳特卡手中的枪就会更加沉重,"那个奔向敌船的人,不仅仅是她的情人,还是她的孩子的父亲",当这个男人倒在她的枪口下时,当那个小男孩咿咿呀呀地叫喊着爸爸时,我们看马柳特卡的灵魂,会是什么样形态。莫言毕竟是在《第四十一》发表八十多年后作此设想的,我想,无论它多么奇特、奇妙,终难取代原创的魅力和价值。

这部小说问世九十年以来,世界的科学技术、文明的物质形态发生了前所未有的巨大进步,但人类在人性和文明的精神形态方面的发展却令人遗憾。首先是空前绝后的两次世界大战彻底地摧毁了人的自尊心,继而是东西方两大阵营的冷战,以及出于国家利益和政治目的而发动的种种战争,连年不断,把成千成万的无辜者卷入战火之中。

最为吊诡的是,用人道主义的名义发动反人道主义的战争,如今已经成为超级大国随心所欲的手段。我曾说,战争是国家、民族、阶级、政治集团等势力冲突的最高形式,充斥着血腥、暴力、仇恨、残杀,是人性之恶的疯狂表现,人类自我否定的分裂状态。从人类的观念考察战争、反思战争,战争煽动仇恨,导致彼此杀戮,自我毁灭。即便是正义战争,首先也要被迫采取恶的方式,以恶抗恶,以恶制恶,以达到伸张正义、平息战争、实现和平的目的。因此,我们有充分理由肯定正义战争而否定非正义战争、侵略战争,颂赞战争中的英雄、英雄主义和牺牲精神,同情战争的受害者。这种看待战争的观念,出示的是国家、民族、阶级、政治集团的立场,无可厚非。但对于战争文学,我们显然要超越这种本位主义观念,站在人类的立场上描写战争。只有具备了博大的人道主义胸怀,才能既描写战争又超越战争,既描写人性又反思人性,才能写出充满着人道主义思想、具有人类性、世界性的伟大作品。鉴于此,《第四十一》对于中国当代文学创作仍有着重要的启示意义,而在我看来,这却是一件让人遗憾的事!

二〇一三年十月二十六日

另一个"古拉格群岛"
——读杨显惠《夹边沟记事》

伟大的俄罗斯作家索尔仁尼琴一九七〇年获得诺贝尔文学奖后,又抛出一部震撼世界的长篇小说《古拉格群岛》。俄罗斯民族、特别是俄罗斯知识分子的精神里有一种神圣而高贵的品质,能够通过人道主义把人类精神推演到顶级状态的力量。

在人道主义思想史和文学史中,俄罗斯人道主义文学具有承上启下的地位。十九、二十世纪人道主义文学向两极发展而形成的两座高峰,其中做出了最杰出、最有贡献的伟大作家,多数来自俄罗斯。以普希金、果戈理、屠格涅夫、托尔斯泰、陀思妥耶夫斯基为代表的俄罗斯作家,于十九世纪把充满着爱善、理想、神圣、崇高的人道主义思想的俄罗斯文学推向世界文学的巅峰。这种人性向善、精神向上的人道主义文学行进到二十世纪四五十年代时,却急转直下而向人性幽暗的深处钻探,寻找恶之源,从反思战争(两次世界大战)发展到反思生命、反思人类的水平,追问人的存在意义。索尔仁尼琴是这一路向的人道主义作家,不过,他是因为出色地描写了苏联极权主义反人道的制度之恶和极权暴力驱使之下的人性之恶而登上人道主义文学之巅峰的。

《古拉格群岛》意在揭露一九一八年至一九五六年苏联在极权主义统治下施行极端残忍暴政的黑暗内幕。前苏联并没有"古拉格群岛"这个地理名称,它是索尔仁尼琴的一种比喻性的指称。"古拉格群岛"即"苏联劳动改造营管理局",原是苏联劳改制度的象征。索尔仁尼琴把整个苏联比为海洋,在这个海洋之上处处是监狱和劳改营的岛屿,他把这些岛屿统称为"古拉格群岛",意指"古拉格"已经渗透到苏联政治生活的所有领域,成为专制主义肆意暴力的象征、"人间地狱"的符号。非人之地"古拉格群岛",荒谬绝伦的司法无法、极端残忍的刑讯折磨、彻底沦丧的社会道德、毫无人性的流放囚禁、超负荷的劳改苦役,构成了它的全部内容。

被称之为中国的"古拉格群岛"的作品,是作家杨显惠于二〇〇〇年开始发表出版的小说《夹边沟记事》。因这本书产生的影响,在中国知识分子的意识里,"夹边沟"逐渐成为一个象征符号——另一个"古拉格群岛"。

"夹边沟",一个真实的地理名称,位于甘肃省酒泉市巴丹吉林沙漠边缘。这里曾经有一个劳改农场，一九五七年十月至一九六〇年底，三千多名右派被关押在这里接受劳动改造。如同"古拉格群岛"，夹边沟也是一个非人之地，它一边是漫漫沙漠，一边是蛮荒戈壁，残酷的自然环境、高压的政治管制、非人的劳改苦役、惨烈的饥饿死亡，将夹边沟变成了人间炼狱。短短三年，三千多名右派在吃尽一切能吃的和不能吃的东西后，饿死二千五百多人，最后只剩下五百来人（一说剩下三四百人），其惨烈的程度甚至超过了纳粹集中营和古拉格群岛。这是一段不应该被遗忘的历史，但它确实被遗忘被尘封了。

作家杨显惠没有忘记夹边沟，他以一部《夹边沟记事》撬开了这段历史，他说"我把历史的门缝挤开了"。透过门缝看过去，苍凉的荒漠戈壁依旧，昔日的地窝子依旧，遍野的乱坟依旧，原始掩盖着历史。知识分子的良知和人道主义的悲悯情怀化开了粗砺坚硬的尘封，这段被遗忘被埋藏的历史，以及历史重压下人的非人化处境以悲剧的形式呈现。

反右是一场冤案，而冤案中的冤案在夹边沟。一场原本帮助共产党整风，目的是发扬正确的思想作风，纠正主观主义、官僚主义和宗派主义的错误的思想作风，以提高党纯洁性的整风运动，顷刻间被定性为右派借机向党的猖狂进攻，反右运动由此而在全国展开。在这场荒诞的运动中，不仅是那些真心诚意地给党提了一些善良意见的人被判为反党反社会主义的右派，更多的人则是莫名其妙地被戴上右派的帽子。因言获罪，无言也获罪。欲加之罪，何患无辞，说你是右派，你就是右派。用发动战争的方式抓反右斗争，与苏联二十世纪三十年代的肃反扩大化有着异工同曲之妙。首先给出右派数量，然后统一分配，分级摊派。每一个省、市、县，每一个部门、单位接到控制下达的右派数量，都必须如期完成。甘肃省博物馆有一个馆长，出身于书香世家，解放前是地下党，读过很多书，老学究一个。一九五七年反右，上级给博物馆四个右派指标，抓来抓去只抓出来三个报了上去。文化局一次次打电话催馆长，你单位还差一个。催急了他就说："我真的找不出来了，你们看不行就把我算一个吧。"就这样，他稀里糊涂地成了右派被关押到夹边沟。

反右运动明明是错误的，为何能一呼百应，畅通无阻？为何在它汹涌而来之时，整个民族都失去了判断、疑问、反抗？为何右派们身处饥饿和死亡之境的夹边沟而不逃跑？历史经不起追问，悲剧之下更为悲剧的事实是：在强大的政治权力和阶级斗争的掌控下，人其实是被定义的，没有自由，没有地位，甚至连一点尊严也没有；政治权力和阶级斗争理论具有天然的正确性、合法性，不容置疑，不容动摇。被政治定义，就有"左派"与"右派"之别；被阶级斗争定义，就有敌我之分。一个人一旦成为右派，本质上他就归属于"敌"之阵营了。

至于身处绝境的右派为何不反抗、不逃跑，《夹边沟记事》给出了答案。首要原因是夹边沟易守难逃，尽管这里没有重兵防守，但四周漫无边际的荒漠戈壁则成了难以逃脱的天然屏障；而逃跑者被抓回来后，必然罪加一等，处罚升级；即使个别人侥幸逃生，也无处藏身。其他原因大致有这样几种情况：一些人觉得自己没有问题，我去农场劳动好好表现，一年半载就回家了。也有一些人认为自己确实有罪，真心诚意地改造思想，决心洗心革面，重新做人，在戴罪立功想法的激励下，拼命干活，幻想早日摘掉右派帽子。

而《夹边沟记事》开篇《上海女人》中的李文汉则坦言了被囚禁者中一种更为普遍的想法：绝大多数人不跑，"主要是对上级抱有幻想，认为自己当右派是整错了，组织会很快给自己纠正，平反。再说，总觉得劳教是组织在考验我们，看我们对党忠诚不忠诚，如果逃跑了不就对党不忠了吗？不就是背叛革命了吗？就怕一失足铸成千古恨，跑的人就很少了"。还有一个最根本原因，就是相信党和组织是对的，自己是错的。因为，反右斗争是在绝对正确的名义下展开的，所以，不仅是那些纯朴天真的青年知识分子，甚至连那些在战争年代浴血奋战的勇士，曾经在敌人监狱面对威逼利诱而毫不动摇、视死如归的英雄，反而主动放弃抗争而屈服于五六十年代的政治迫害。他们心中都有一个情结：党永远是正确的，个人不能违抗组织。即便是组织暂时冤屈了自己，也不能对党有任何怀疑抱怨。

因此，对党的忠诚就表现为个人心甘情愿地放弃独立思考的权利，放弃个人利害的权衡，用那个时代一句流行的话来说，就是"一切交给党安排，党叫干啥就干啥"。客观地说，这种基于绝对信任、绝对服从的道德关系，散发着过重的封建气息，而这，正是执政党极力摒弃的，这才是最吊诡之处。但是，仅凭这种基于主从依附的道德力量，还不足以让整个民族放弃思考，能够把一场接一场的"革命"运演到出神入化的水平，它必须借助另一种更加强大的力量，方能成就大业。这个威力无比的力量，就是阶级斗争理论。中国革命经过几十年的实践，证明它从一开始就找到的这个制胜法宝是个好东西，必须发扬光大，代代相传。反右运动也不例外。

例如反右斗争，首先让"革命"出场，言其形势的严重性，把一场原本属于有限度的自由鸣放、向党进言的举动，夸大为反党反社会主义的右派借"双百方针"讨论之势，帮助共产党整风之机，猖狂地向党和社会主义进攻。特别强调这是一场伟大的政治斗争，不打胜这一仗，社会主义是建不成的。于是，一场波及全国的规模巨大的反右运动就如火如荼地展开了。反右之时虽然没有公开宣称这是阶级斗争，但明白人很快就发现，反右斗争实质上是按照阶级斗争理论来进行的。通过反右运动，之前属于不同阶层、不同单位和不同身份的个体都与阶级斗争发生了关联，因为这时，阶级归属直接影响到人的命运。一种恐惧战栗、生怕站错队的心理驱使人们必须采取防御性的措施，通过主动揭发、评判右派分子而保全自己。可以肯定，新中国成立后历次政治运动之所以能够高效率地发动起来，阶级斗争的强大力量（看得见的手）与对阶级斗争的恐惧心理（看不见的手）的联手，在此中起到了主导和推波助澜的作用。

夹边沟是绝望之地、死亡之乡。初到夹边沟的右派大多数是一九四九年前后凭着一腔热血参加革命的青年知识分子，突然变成阶下囚，他们想不通，觉得这辈子完了，活着没有意思。求生毕竟是人的本能，在无可反抗、不能反抗的绝境，活下去成了他们的唯一选择。但活下去又谈何容易，夹边沟的生存环境极其恶劣，非人的虐待、超负荷的劳动和极度的饥饿无情地吞噬着人的生命。饥饿肆虐，撕碎了人的尊严，把人变成非人，靠本能求生的右派们为了活命，把野外一切能吃和不能吃的东西都吃完后，最为骇人听闻的一幕出现了：活人吃死人。

饥饿断送了人继续活下去的希望，彻底地摧毁了人的生命意志，躺着等死是右派们最后的生命状态。也有例外，为了不被饿死，偷窃竟然成为俞兆远自我拯救之策。俞兆远并非一到夹边沟就偷东西，当他眼睁睁地看着同屋的右派一个个被饿死后，他想我可不能躺着等死。他要活下去，而要活下去，就必须找到吃的，于是，他决定去偷。偷一旦成为俞兆远的生存之策，他就以此为业了。他从夹边沟农场偷到明水农场、新华农场、碱泉子农场、兰州民政局招待所；偷粮库、偷伙房、偷麦种、偷庄稼，凡是能吃的东西他都偷，最终成为一名地地道道的惯偷，远近闻名的贼。偷窃是求生的无奈之举，活着的保障，当偷窃及吞咽生食成为他改不掉的习性后，"人化的人"俞兆远就被"动物化"了，这就是异化。

对此，当凤凰卫视的曾子墨问杨显惠，这些要面子的知识分子怎么能下决心这么做、吃这些东西时，他说："我觉得在死亡面前，他们做人的道德底线被突破，活着是第一需要；把人放到即将死亡的绝境，人和动物没有什么区别。"

人被迫沦落到动物水平，这就是夹边沟右派的悲剧命运。夹边沟不是一个孤立现象，它是一个特例，映现出的是一个民族、一个国家在那个时代的沉痛悲剧。这段看似被遗忘的历史作为事件已经结束了，但它却以带菌者的角色潜伏下来。杨显惠说，"我对于我们未来生活有一种恐惧感,是这种恐惧感促使我写了这本书。我写这篇小说的目的,是为了杜绝这样的现象再次发生,希望历史悲剧不要重演。"

二〇一三年三月十六日

青楼女子的生死绝唱
——漫谈电影《金陵十三钗》

一

一九三七年十二月十三日,日军攻陷南京,疯狂地遍施残忍的大屠杀、大强奸。日军旅团部举行占领南京庆功会,命令教堂唱诗班女学生明天去助兴,不得违抗。女学生不愿被日军糟蹋,便手拉手登上教堂塔楼准备跳楼自尽,躲在教堂里的秦淮河妓女们哄劝女学生不要轻生,"姐姐替你们去"。真要替女学生去赴会,她们并非都愿意。秦淮河的头牌玉墨挺身而出,侠义深情地说:大家晓得自古以来都说我们什么?"商女不知亡国恨,隔江犹唱后庭花。"要我说,"我们干脆就去做一件顶天立地的事,改一改这自古以来的骂名"。众人应诺,"都说婊子无情,明天我们姐妹也去做一件有情有义的事"。

教堂的地窖里,秦淮河妓女与女学生换装,生离死别之际，这些风尘女子伤心伤意地与小女孩们告别："替姐姐好好活。"全剧最精彩的华章出现了：玉墨最后一次抚摸豆蔻留下的琵琶，心知明日赴会定是赴死，便起意与众姐妹再唱一次翠禧楼的招牌曲子《秦淮景》，既为豆蔻，也为自己了却心愿。十二位换上素净学生装的秦淮河女子不再浓妆艳抹却依然妩媚风情，她们柔美起势，嗲声委婉地唱起这绵绵温柔乡的曲子："我有一段情呀，唱给诸公听……秦淮缓缓流呀，盘古到如今。江南锦绣，金陵风雅情呀，'瞻园'里，堂阔宇深呀，'白鹭洲'，水涟涟，世外桃源呀。"歌者娇娆浅唱，听者却心灵震撼，悲从中来，一曲《秦淮景》令无数人泪流满面，感叹不已。面对这群舍生取义的女子，谁还敢说"商女不知亡国恨"？谁还敢说她们无情无义？

一曲成绝唱。没想到影片的高潮竟然被一曲《秦淮景》烘托出来，仿佛前面所有的描写都是铺垫而等待它的出现，而后面约翰为这群青楼女子化妆并送她们上车赴会，倒成了绝唱之余音，慷慨赴死的悲壮化作温婉优美的歌唱，让人心痛！

音乐奇妙，音乐通神。《秦淮景》源自江南传统民歌《无锡景》。据说，在江苏无锡的一个茶亭里，游客面对着万顷碧波，憩歇品茶，一位少女在一把胡琴的伴奏下唱着《无锡景》："我有一段情呀，唱拨拉诸公听……"全曲五分多钟，依次介绍了无锡的历史、交通、风光和特产，旋律欢快愉悦，曲调优美明丽，极富江南水乡情调。

根据《无锡景》为素材进行改编和重新填词的《秦淮景》，其长度从五分多钟压缩至不到两分钟，其歌词对江南的历史、风情和风光的描写，也只有短短的四句。其旋律和曲调基本保留了《无锡景》的音乐元素及基调：温婉柔美。但变化也很明显，一是用苏州评弹的咬字方式演唱，含有艺妓风情。电影中的《秦淮景》是苏州评弹学校的学生们唱的，据她们说，演唱时，要求唱出风尘味，用气声，很嗲的那种，因为这样才能体现出声音的妩媚和风情。二是声音委婉，有低吟浅唱的感觉，一改欢快愉悦的旋律，让人明显感受到歌者身处危险之境而不敢纵情放歌，只能在收敛中委婉抒发心曲。

本是描写秦淮之景的音乐，却成了"道是无情却有情"的青楼女子的生命绝唱，音乐的语义在此发生了实质性的变化。作为电影语言，《秦淮景》以符号的形式诠释着秦淮女的生命形象，而秦淮女又以她们的悲剧命运和人性精神丰富着《秦淮景》的内涵。于是，欣赏《无锡景》时，随着欢快愉悦的旋律，我的眼前浮现出无锡的美丽风光和风情，而欣赏《秦淮景》时，脑子里则全是金陵十三钗的形象，我将我的同情、悲悯、善爱、敬意甚至自己全部放进去，我和音乐一起感动。

二

《金陵十三钗》是原著作者严歌苓、编剧刘恒和严歌苓、导演张艺谋共同打造的一部妓女传奇。从小说到电影，变化甚大。严歌苓说，《金陵十三钗》是我的一鱼多吃，中篇、长篇以及电影等。看电影《金陵十三钗》的粗剪，我以为早吃腻了这条鱼。但屏幕上展现的，完全是我不敢相信的生命，它的丰美与惨烈，它的深广与力量，让我完全忘记了这个作品与我还有什么关系。但"十三钗"替学生赴死的主题则没有改变，不仅没有变，而且得到了极大的升华。电影运用它独特的语言把这个主题推演到令人心灵震撼的程度。

"南京大屠杀"如同臭名昭著的"纳粹集中营大屠杀"，均属于固定题材，而且二者具有互文关系。这种互文关系同样也表现在"南京大屠杀"和"纳粹集中营大屠杀"题材自身。互文关系的好处是二者之间可以互相借鉴、互相启发，弊处是固定化题材容易撞车，难以作出新的发现。固定化题材的最大杀手是创作的模式化和思维定势，体现在写作中，是个性化的创造能力普遍下降，而无主性的盲目跟风和复制的能力普遍增强。其次是固定化题材作品之间构成了微妙的互相限制的关系，于是就出现一种尴尬的情况，这个题材内生产的作品越多，对于后继者创作的限制就越大，创新就越难。比较而言，到目前为止，写"南京大屠杀"的优秀作品多出现在近期，且数量较少，其主要作品有《张纯如—南京大屠杀》、《南京！南京！》、《拉贝日记》、《南京安魂曲》、《金陵十三钗》等，而描写包括"纳粹集中营大屠杀"在内的犹太人大屠杀的作品，从"二战"结束之后的一九四六年开始一直到现在，其创作已经形成了持续推进的写作潮流，一波高过一波，其中，产生了世界性影响的作品就有《出埃及记》、《钢琴师》、《奥斯维辛的爱情》、《辛德勒的名单》、《美丽人生》、《浩劫》、《命运无常》、《朗读者》等。从文学接受的角度分析，后者对前者明显产生了直接而深度的影响。

观念现代、眼界开阔的严歌苓、张艺谋、刘恒应该看过这些作品：法裔犹太人克罗德·朗兹曼历时六年完成的一部长达九小时（从三百多个小时的原始素材中剪辑）的纪录片《浩劫》，以历史再现的形式到达了"犹太大屠杀事件"的巅峰；获得七项奥斯卡奖的《辛德勒的名单》，被称为"一位充满人道主义精神的导演拍摄的一部洋溢人道主义气息的电影"，写德国投机商人同时也是纳粹党员的辛德勒冒险营救犹太人的故事；获得四项奥斯卡奖的《美丽人生》四两拨千斤，巧设故事，描写犹太青年基多一家三口被纳粹关进集中营，为了不让五岁的儿子心灵受到伤害，他哄骗孩子，让孩子误以为集中营里所发生的一切都是游戏；获得三项奥斯卡奖的《钢琴师》，描写波兰钢琴家斯皮曼为了生存四处躲藏，以免落入纳粹的魔爪。在躲藏中，他被一位同样喜欢钢琴的德国军官发现，他的音乐才华感动了这位军官，音乐唤醒了被战争近乎摧毁的人性，在军官的保护下，他终于捱到了战争结束；获得二〇〇二年诺贝尔文学奖的匈牙利作家凯尔泰斯·伊姆莱，其代表作《命运无常》，以作者少年时代在纳粹集中营的经历为素材创作的自传体小说，描写一个名叫久尔吉·克维什的犹太少女在"纳粹集中营"顺其自然地生存（屈从），以天真单纯之心应对残酷现实；根据同名小说改编并获得奥斯卡最佳女主角奖的影片《朗读者》，其女主角汉娜既是战争之中间接的施虐者，又是战争之后直接的受害者，通过汉娜的悲剧命运，深刻地反思了战争和人类自身，代表了这类题材作品目前所能达到的最好水平；《南京！南京！》是中国首部再现南京大屠杀的惨状，侵略者的残忍，更表现了人性在毁灭之际的裂变、醒悟、抗争与新生的影片，特别是影片最后日本士兵角川赎罪性质的自杀，是人道主义思想的重要一笔；中德合拍的《拉贝日记》是真正意义上的中国版《辛德勒的名单》，影片根据史实，描写在日军对南京实行大屠杀之际，德国纳粹党员、西门子公司南京分公司经理拉贝，和十几位外国人在南京建立了国际安全区，并担任安全区国际委员会主席，冒着生命危险为二十多万中国人提供了人道主义的庇护；等等。

《金陵十三钗》能够从这些高创新度的作品中脱颖而

出，首先归功于严歌苓用世界的眼光，即人道主义的眼光，将《魏特林日记》中的几行字演绎成一群秦淮河妓女自愿代替女学生赴死的故事，从为世人所鄙视的卑贱者妓女身上发现人性的光辉。其次归功于导演和编剧在极大地丰富妓女形象之时，用同样的观念、同样的思想情感和同样的审美标准描写了殡葬师约翰由酒鬼、色鬼、财迷变成英雄，最终帮助女学生逃出苦海；"男扮女装"的少年陈乔治冒充妓女替学生赴死，成就了"金陵十三钗"的美名。

三

《金陵十三钗》对如何写战争有启示意义。张艺谋先悟通此道，他说电影最基本的是人性、善良、救赎和爱。如果拍一部历史题材的电影是为了发泄狭隘的民族仇恨，这样拍电影是不对的。他认为表现战争背景下或者灾难背景下人性的光辉，这才是最要紧的。张艺谋诠释电影说过不少话，数这句话最见水平。什么是世界眼光，这就是世界眼光。

写战争尽量淡化或者抽象化战争的血腥场面，避免狭隘民族主义的仇恨心理裹挟邪恶肆意泛滥，转而抒写人性光辉，并反思战争进而反思人类自身，是当今世界文艺创作的发展趋势。上述提到的战争题材作品，其中多数以抒写战争暴力中的人性光辉、人道主义精神为主向，兼及反思战争，只有《细细的红线》（又名《红色警戒》）、《朗读者》等作品重在反思战争和反思人类。"世上为何有这么多战争，万物为何自相残杀？"我们曾是一家人，为何彼此自相残杀，断送彼此的生路？"这么可怕的邪恶，它来自哪里？怎么会潜伏在世上？原因和根源到底是什么？这是谁造成的？谁在屠杀众生，剥夺我们的生命之火，嘲笑我们对人间的依恋？战争对地球有利吗？它能滋生万物，孕育众生吗？"（《细细的红线》）战争生产暴力、邪恶，制造灾难、废墟乃至毁灭一切。战争是人的战争，一切追问最终都要回到人自身。

《金陵十三钗》是前一类作品。推到前景的战斗只有一场，即影片一开始就描写的一支十几人的中国军人，为保护教会学校的女学生同日军在教堂附近的激战。而作为中心事件的"大屠杀"、"大强奸"，则处理成无影的背景内容。没有追问一个国家为何侵略另一个国家，为何如此疯狂地屠杀无辜平民？没有直接追问战争的罪恶，而是在战争的废墟中寻找人性的光辉。对良心、道义、忏悔、赎罪、人道主义的肯定和弘扬，便是对日军反人类的行径的指认与否定，"南京大屠杀"如同"犹太人大屠杀"，已经不能单纯用数字来表现，用民族利益和人的兽性来解释，它是一个民族国家公然挑战世界公理人权，反人类的犯罪行为。换言之，我们对日军反人类性的指责是建立在我们对正义、道德、人性和人道主义等普遍主义价值观的理解之上的。

描写战争,目的是否定战争,远离战争,去恶扬善,好的文艺作品就是这样,它总是带给人力量、希望、理想和精神,即使它写到战争的残酷、人性的邪恶,最终也是不留"恶"、不存"恨"的。

二〇一〇年二月十二日

梦中的洛神
——重读张贤亮

二〇〇八年初,张贤亮写了一篇题为《一切从人的解放开始》的文章,他在文中叙述了自己落难、苦役、劳改、监禁二十余年的炼狱生涯,反思建国后施行的政治运动,一个接着一个,一个套着一个的,莫名其妙,无中生有,陷人以罪,逐渐培养出国人的仇恨心理,阶级斗争把人与人的关系简化为"敌我友"的关系。"整了二十多年,已经把我的亲情感全部整光",悲语感伤,"我可以说,在中国作家中,我是背负'身份''成分'担子最沉重的一个,经受的磨难也最多,所以对'身份识别制度'最敏感"。

磨难最多的人自然最有资格描写苦难,最有权利发泄积怨,最有理由仇恨施恶于他的时代及直接迫害他的人。在这个时候,一个作家思想境界的高低、是否优秀,就充分地显示出来了。若一味叙写苦难,只能陷入苦难,被苦难所俘获,沉入苦难的泥淖之中。苦难叙事源起于情感良知,遵循善的原则,以怜悯同情为主要内容。但这种美好情感常常在累积过程中又滋生出仇恨情感,致使良知在同情与仇恨之间动摇、彷徨、痛苦,而同情与仇恨又会彼此借力,难分难解。严重的情况下,基于人道主义的良知和同情被反人道主义的仇恨感所取代。例如,从新写实小说演变而来的底层文学,较多作品的苦难叙事不同程度地暴露出这种思想倾向。

由阶级斗争年年讲、月月讲、天天讲的斗争哲学培养起来的仇恨心理具有遗传性,"在清水里泡三次,在血水里浴三次,在碱水里煮三次"(阿·托尔斯泰在《苦难的历程》第二部《一九一八年》的题记)的张贤亮,重返文坛之际,已经具备了一个优秀作家所具有的现代眼光和超越意识。他写苦难又超越苦难,其苦难叙事总是把个人的苦难、知识分子的苦难与整个民族的苦难、时代的苦难相联系,在反思历史和人的命运之中灌注人道主义情怀。能够写出悲怆忧伤而又浪漫温美的《灵与肉》、《绿化树》、《男人的一半是女人》的张贤亮,除了在"清水里泡"、"血水里浴"、"碱水里煮"之外,想必在人道主义里也浸润良久了吧!

作者与人物

张贤亮,江苏盱眙人,一九三六年十二月生于南京。张家世代官宦,其高祖被清朝诰封为"武德骑尉",与高祖合葬于盱眙县古桑乡的高祖母，还有与曾祖合葬于黄石的曾祖母都是"皇清诰封恭人"。曾祖父是清末长江水师的一名军官，被封为"武功将军"，谢世后葬于黄石西塞乡。祖父张铭，号鼎承，出生于曾祖父任职的黄石，他在美国读书时就参加了孙中山先生创建的同盟会，获得了芝加哥大学和华盛顿大学两个法学学士学位后回国，一直在民国政府做不大不小的官，是辛亥革命后第一任天长县县长，"五四"之前的安徽政法大学堂校长，二十年代"宁汉分裂"时任武汉国民政府的外交部长，曾为蒋介石的特使出访尼泊尔。他一身毛病，挥霍浪费，不正正经经地做学问干事业，却把玩发挥到极致，"他并不是玩世不恭地玩，而是正儿八经地玩。他有条件这样玩。他把他的精力和生命都投在'玩'这个项目上，都发泄在这个项目上"。他于一九七七年去世，享年九十四岁，病故时任上海市人民政府参事室参事。外祖父是清末鸿儒，名震一时，曾做过湖广总督的总文书，清末最后一任江夏县知县。父亲毕业于哈佛大学商学院，"九·一八事变"后回国参加抗日，先后结交过张学良、戴笠等国民党高官，当过张学良的英文秘书，办过公司，开过工厂，但他没有认认真真地做好过一件事，"他既不像官僚，也不像资本家，完全是一副艺术家的派头。每天搞一帮票友唱京剧、唱昆曲、要不就忙着办画展"，纯粹是一个俄罗斯文学中的奥勃洛摩夫，即"多余人"的典型。在这一点上，他与其父可谓一脉相承。一九四九年作为旧官员被关押,一九五二年被捕,一九五四年死于狱中。

这是张家的最后一个"贵族"。祖父和父亲把喜剧的角色扮演完了,剩下的悲剧角色只能由他们的后代来扮演。一九五五年,张贤亮带着母亲和妹妹离开北京,举家迁银川,先当农民后到甘肃省干部文化学校任文化教员。一九五七年七月因在《延河》文学月刊上发表了长诗《大风歌》被打成"右派分子",关进银川市南梁农场劳改。一九六〇年的一天,他逃离被关押了三年的农场,但很快被抓回来,从此过着遥遥无期的劳役生活。在这期间,他以"书写反动笔记和知情不报"的罪名被判三年管制,"社会主义教育运动"中被判"反革命分子"劳教三年,"文化大革命"中的一九六八年升级为"反革命修正主义分子"被群专,一九七〇年又被投进农垦兵团监狱,一九七三年出监狱。从一九五七年至"文化大革命"结束,背负着"右派分子"原罪的张贤亮,运动一来就被抓去劳改,劳改几年后又被转移到另一个农场就业改造,境遇悲惨。而这些莫名其妙的惩罚,全是由第一次罪名派生出来的。

一九七八年冬,张贤亮在就业的农场改造时,听说中央发布了一个"四三号文件",是关于右派分子改正的,改正后的右派分子就成了正常人。于是,他抱着侥幸心理,从放羊的贺兰山脚下跑到农场,蹲在场部政治处办公室门口,瞅个空子钻进去,涎着脸皮向政工干部要求"改正"。

他们说要"研究研究",他就反复往返几十里跑了无数次,最后得到的答复是:由于你戴上"右派分子"帽子后又加了顶"反革命分子"帽子,"四三号文件"与你无关——文件上明确规定,在被划为"右派分子"后又连续犯罪的"分子",不在被"改正"之列。

"改正"这条路走不通,就想方设法走另一条路。"我必须有一块敲门砖将它敲开",于是想起写小说。一九七九年他在《宁夏文艺》发表了三篇小说,被当时的自治区副书记兼宣传部长的陈冰先生看到后,指示相关单位尽快落实政策。一九七九年九月,张贤亮获得了彻底平反,并当上了农场中学教员。我曾在《余华论》里写道:"二十世纪七十年代末至八十年代初的青年作家,很多人都是带着这种实用功利的目的走上文学之路的。当人生之路很狭窄,选择的机会极少极少的时候,自然会使很多没有更多机会选择人生之路的青年将目光盯上了文学。动机不崇高,却很实用,但这并不妨碍他们在成为作家之后再追求崇高。"比如余华,开始写小说并不是出于对文学的热爱,而是为了不拔牙,为了从镇卫生院调进文化馆工作。莫言说他最初想当作家,是想每天吃三次肥肉馅饺子,而真正开始文学创作时,其动机也非常简单明了,就是想赚一点稿费买一双闪闪发亮的皮鞋,再买一只上海造的手表。利用文学选择人生、改变人生,是那个特殊年代对文学特别的善待。

一九八〇年张贤亮调入《朔方》文学杂志社任编辑,

一九八一年开始专业文学创作。其代表作，短篇小说有《灵与肉》、《初吻》、《邢老汉与狗的故事》、《肖尔布拉克》等，中篇小说有《河的子孙》、《土牢情话》、《绿化树》等，长篇小说有《男人的风格》、《男人的一半是女人》、《习惯死亡》等。曾三次获得全国优秀短篇小说奖和中篇小说奖（一九八〇年的《灵与肉》，一九八三年的《肖尔布拉克》，一九八四年的《绿化树》）；九部小说改编成电影电视；作品译成三十多种文字在世界各国发行，是新时期以来在国际上产生了重要影响的小说家。

一九九二年下海经商，创办镇北堡华夏西部影视城。如今，该影视城已经成为中国西部最著名的影视城，是宁夏集观光、娱乐、休闲、餐饮、购物、体验于一体的重要旅游景区，中国西部题材、古代题材的电影电视最佳外景拍摄基地，被誉为中国一绝。

张贤亮以小说名世，他的多数小说及其代表作均创作于八十年代，所以，我们今天谈论张贤亮小说，实际上仍然是谈论他八十年代小说。就其题材和内容来看，张贤亮小说有三类。第一类小说以《邢老汉与狗的故事》、《河的子孙》为代表，主要描写政治运动对农村经济和道德的冲击，农民生活的艰难。第二类小说以《龙种》、《男人的风格》为代表，直接表现改革者姿态，展现当前的社会生活。第三类小说包括《灵与肉》、《土牢情话》、《绿化树》、《男人的一半是女人》、《习惯死亡》等作品，试图表现知识分子的苦难历程，反思历史和人生。

第三类小说数量最多，影响最大，不仅充分地体现了张贤亮的思想情感和艺术风格，而且蕴含着以悲情主义为基调的人性本位的人道主义思想，其中又以《灵与肉》、《绿化树》、《男人的一半是女人》为代表。

这些各自独立成篇又相互联系的小说的主人公，《土牢情话》是石在，《灵与肉》是许灵均，《绿化树》和《男人的一半是女人》是章永璘，《习惯死亡》是无名氏，实际上，他们是一个人，"一个出身于资产阶级家庭，甚至曾经有过朦胧的资产阶级人道主义和民主思想"的知识分子。仔细辨认，这个知识分子与作者出身相同，经历相同，遭遇相同，就连习惯、情感和性格也大致相似，简直成了作者的化身。当有人问张贤亮这里有多少真实的成分时，他直言相告："作品的情节是构想的，但感情和细节却完全'货真价实'。"从这个意义上来说，这些小说带有作家自叙传的特征，他走进他的小说，不仅充当了小说中的男主角，而且还请这些男主角来描写他落难、劳改、苦役、监禁的苦难历程，以表现中国当代知识分子的精神演变史。

那里有他生命的根

想当年，《灵与肉》、《绿化树》、《男人的一半是女人》是何等的风靡，特别是开中国当代文学性描写之禁，并将其推向巅峰的《男人的一半是女人》，惊醒了多少男人和女人的春梦？张贤亮这个写男女之爱的一等高手把情爱性爱写得风生水起、情色滚滚，怎能让人不激动？才子为文，向来从男女之事入题，如果是才子配佳人，那便是绝配。写的人多了，渐渐便形成了"才子佳人"叙事模式。这是一个大范畴、大结构，里面装着许许多多的风流韵事。在传统小说、戏曲、神话和传说中，"私定终身后花园，落难公子中状元"是这一叙事模式最常见的题材。"公子落难小姐搭救"、"才子落难美人搭救"这类才子佳人的爱情故事，无论怎样坎坷曲折，最终以书生金榜题名抱得美人归而导向大团圆结局，表现了"愿天下有情人终成眷属"的愿望。即使是悲剧，也会是或人鬼团聚、或生死同穴、或双双化蝶成仙的结局。到中国现当代文学，这一叙事模式因时代的变化而加入了恋爱自由、婚姻自由、反传统和革命的内容，又演变出"革命加恋爱"、"始乱终弃"、"棒打鸳鸯两分离"、"痴情女子负心汉"等故事。

这三部小说可以装入"才子佳人"这只大筐子，既不沉底，也不溢出。早有研究者发现了张贤亮小说的"才子佳人"叙事模式是一个显性结构，并将其定义在"才子受难佳人搭救"这一功能指向上。才子是"受难的知识分子"，即作者之化身的许灵均、章永璘，佳人是"底层劳动妇女"。"才子佳人"没有错，"佳人搭救"不全对，比如许灵均和秀芝，则是两个苦命人的相互搭救、相互感激。照我粗俗的说法，这三部小说均是写一个落难倒霉男人和一个好女人的故事。

这个倒霉男人每当危难时刻总会有一个女人来怜悯他、关爱他。这些女人美丽、善良、温情、豪爽、坚韧，富有同情心和正义感，一个个成了落难男人的保护神。

张贤亮笔下的第一个"保护神"形象名叫秀芝，她在《灵与肉》里出现时，小说已经过去三分之二的篇幅。她是牧马人"郭谝子"为"老右"许灵均送来的老婆，一个为饥饿所迫，拿着美丽的青春当赌注的四川女子。别看她初来时不起眼，"她并不漂亮，小小的翘鼻子周围长着细细的雀斑，一头黄色的、没有光泽的头毛。神情疲惫，面容憔悴"，可她"像一株顽强的小草一般，在石板缝中伸出自己的绿茎"。她用自己的勤快、贤惠、乐观经营起一个温暖的家，用自己的善良和朴实贴心贴肺地守护着丈夫不受迫害，"我们清清她爹可是个老实巴交的下苦人，三脚踢不出个屁来，狼赶到屁股后头都不着急。要是欺负这样的人，真是作孽，二辈子都要背时！"

而在这之前的许灵均，则是一个倒霉透顶的人。他出生于钟鸣鼎食的资产阶级家庭，却没有享受到资产阶级生活，反而被烙下"原罪"的胎记。三十年前的解放前夕，父亲带着外室去了美国，母亲死在医院，舅舅把母亲所有的东西卷走，他成了一个无依无靠的孩子。一九五七年学校支部书记要完成抓右派的指标，又把他推到他父亲所属的资产阶级那里,他成了一个受歧视、受迫害、受遗弃的"右派分子","他成了被所有的人都遗弃的人",流放到荒凉偏僻的农场来劳改。

现在好了,他改变命运的机会终于来了。父亲专程从美国回来,要把他一家接到美国。"去"还是"留"?他几乎连想都没想,他已经和生他养他的这块土地难舍难分了。不是说他这么做有多么爱国,多么崇高,他根本没有想到这些,实在是他割舍不了生命之情。

他怎能不深深地迷恋于此地呢?在他成为弃儿时,是共产党收留了他,并把他送到学校接受教育。现在,他是农场学校教师,牧民们需要他教育他们的孩子,"有什么能比在别人眼里看到自己的价值更宝贵、更幸福呢?"他知恩图报,之所以不愿出国,想必这也是原因之一吧?

更重要的是,他实在是太爱这里的土地、这里的人了,是他(它)们给了他新的生命。

> 他解除劳教以后,因为无家可归,于是被留在农场放马,成了一名放牧员。
>
> 清晨,太阳刚从杨树林的梢上冒头,银白色的露珠还在草地上闪闪发光,他就把栅栏打开。牲口们用肚皮抗着肚皮,用臀部抗着臀部,争先恐后地往草场跑。土百灵和呱呱鸡发出快乐和惊慌的叫声从草丛中窜出。它们展开翅膀,斜掠过马背,像箭一样地向杨

树林射去。他骑在马上,在被马群踏出一道道深绿色痕迹的草场上驰骋,就像一下子扑到大自然的怀抱里一样。

草地上有一片沼泽,长满细密的芦苇。牲口们分散在芦苇丛中,用它们阔大而灵活的嘴唇搅着嫩草。在沼泽外面,只听见它们不停的喷鼻声和哗哗的蹚水声。他在土堆的斜坡上躺下,仰望天空,雪白的和银白的云像人生一样变化无穷。风擦过草尖,擦过沼泽的水面吹来,带着清新的湿润,带着马汗的气味,带着大自然的呼吸,从头到脚摩挲遍他全身,给了他一种极其亲切的抚慰。他伸开手臂,把头偏向胳肢窝,他能闻到自己的汗味,能闻到自己生命的气息和大自然的气息混在一起。这种心悦神怡的感觉是非常美妙的。它能引起他无边的遐想,认为自己已经融化在旷野的风中,到处都有他,而他却又失去了自己的独特性。他的消沉、他的悲怆,他对命运的委曲情绪也随着消失,而代之以对生命和自然的热爱。

而这里的牧民,野性豪爽,纯朴仗义,他们从来没有把他当右派对待。对这个落难书生,他们同情他、保护他,每当政治运动需要把他拉出去示众时,这些粗中有细的血性汉子找个理由,带着他骑上马,"晃悠晃悠地离开了闹腾腾的是非之地"。西北边远之地,穷山恶水,荒凉贫瘠,远离政治权力中心，阶级斗争的指令送达到这里时，已经大打折扣了。虽然农场实行军事化管理，但它的农业生产方式，又决定了它以农业文化包裹政治文化。农业文化生产着民间伦理，在这里，民间伦理的承载者，甚至包括干部和劳改人员，既接受阶级斗争的指令，同时又以自己的伦理观念对阶级斗争持一种冷漠、疏远、鄙夷、抵抗、游戏的态度。

更何况，他们还给他送来一个老婆。在大家生活条件都很困难的情况下，他们纷纷伸出援手为他建立了一个温暖的家庭。所以，他要回去！那里有他在患难时帮助过他的人，有他汗水浸过的土地，有他相濡以沫的妻子和女儿，"那里有他的一切；那里有他生命的根！"记得张贤亮在《满纸荒唐言》一文中也表达过这样的情感："漂母一饭，韩信终生不忘；我在困苦中得到平凡微贱的劳动者的关怀，一点一滴积累起来，即使我结草衔环也难以回报"。

《灵与肉》发表于一九八〇年九月，一九八一年一月张贤亮写了一篇谈《灵与肉》的文章，其中有一段解题释义的文字，值得引录：

> 《灵与肉》并不是出于当前有些人想出国，以致人才外流这种背景的考虑写的。……写《灵与肉》，一，我是为了反我一直深恶痛绝的"血统论"；二，我想表现体力劳动和与体力劳动者的接触对一个资产阶

级家庭出身的小知识分子的影响，以及三十年历史变迁对人与人的关系的调整。

我要说，作者对自己的这篇小说的解读并不高明，他明显受到当时社会思潮的影响，站在反思立场作如是说。当然没有错，可你就是觉得他没有落到实处，没有把这篇小说所蕴含的美的东西指出来。还是余华说得对，作家在创作时，经常会讲述了他意识到的事物，同时也讲述了他所没有意识到的事物，一部作品完成之后，作者也成了读者，这时，"他发现自己知道的并不比别人多"。以我之见，这篇小说的要义，是表现了人道主义的宽容和感恩的情感。

梦中的洛神

从《灵与肉》到《绿化树》、《男人的一半是女人》，落难才子的人没变，名字则改为"章永璘"；好女人是新人，先出现的是"马缨花"，继而出现的是"黄香久"。她们是西北苍凉粗粝高原上盛开的女儿花，作者"梦中的洛神"。张贤亮小说以苦难现实铺底，浓郁的悲情主义色彩涂抹其上，那是一层薄薄的雾气般的水彩，色调灰暗阴沉。这三篇小说，仍然以灰暗阴沉作为底色背景，主色调则是由浪漫主义情感抒写的自由、理想和梦想等内容构成。"那些美丽而又善良的女主人公就是他为生活编织的梦想，是他在幻觉中为悲情世界找到的洛神,也是他从荒凉的边地为自己捡回的童话。"张贤亮由衷地赞美:"她们就像蒲公英一样,虽然被风无情地吹散,但只要一落地就能生根、发芽、开花。她们并不妖娆美丽,她们从不炫耀自己,而她们绿色的群体却使大地春意盎然。"她们是我的"梦中的洛神"。

自古才子爱美人,佳人慕才子。如此深情地赞美高原惊艳脱俗的女儿花,原本就是才子张贤亮弹奏的心曲:我应该在此表示感激中国老百姓的宽厚,农场的"革命群众"从来没有把我当作"犯人","虽然半生戴着'帽子',辗转在劳改农场、农垦农场与'牛棚'之间,九死一生,而我一生中最大的幸福是所遇到的女人全都是善良的女人。这让我九死而不悔。感谢上帝对我如此厚爱!"

梦中的洛神马缨花,倾注了作者太多的感情,她的影子、性格、心灵,"凝聚了我观察过的百十位老老少少劳动妇女身上散射出来的圣洁的光辉",简直就是一位中国化的圣母形象。其形象,北人南相:

> 首先让我惊奇的是她面庞上那南国女儿的特色:眼睛秀丽,眸子亮而灵活,睫毛很长,可以想象它覆盖下来时,能够摩擦到她的两颧。鼻梁纤巧,但很挺直,肉色的鼻翼长得非常精致;嘴唇略微宽大,却极有表现力。很多小说中描写女人都把眼睛作为重点,从她脸上,我才知道嘴唇是不亚于眼睛的表现内在情

感的部位。线条秀美的嘴唇和她瘦削的脸腮及十分秀气的鼻子,一起组成了一个迷人的、多变的三角区。她的皮肤比一般妇女黑,但很光滑,只是在鼻子两侧有些不显眼的雀斑。下眼睑也有一圈淡淡的青色。这淡淡的青色,使她美丽的黑色的眸子表现出一种令人难以忘怀的深情。她脸上各个部分配合得是那样和谐,因而总能给人以愉快与抚慰。从她和我谈得不多的话里,从她的行动举止来看,我感到她的性格是泼辣的、刚强的、爽朗的、热情的。这和她南国女儿式的面庞也极吻合。

其性格,乐观开朗,善良纯真,泼辣有度,外柔内刚,风流坦荡,结婚和没结婚的男人都格外地迷恋她,尽其所能地讨好她。她则把女人的魅力和生存智慧发挥得淋漓尽致,"那鬼女子机灵得很,人家送的东西要哩,可不让人沾她身"。唯独对"右派分子"章永璘,她真心诚意相待,绝不敷衍。她用成熟女人的温情安慰着他那颗受伤的孤独的心;她用她家的粮食把饥肠辘辘的他喂养成一个身强力壮的真正的男人;她家的小屋为他避风遮雨、复活生命。他搜遍伟大的词,觉得只有"圣洁"、"崇高"、"神圣""仁慈"这些词才配她。

她为何如此照拂他?我私下揣想,她主动关爱他,是天性善良之使然,他的不幸动了她的恻隐之心;可能还因为他和她年龄相近,又单身,且相貌不俗;更重要的是,他是读书人,她同千千万万中国社会底层没有文化的百姓一样,对读书人有着一种仿佛与生俱来的尊敬,见不得他们遭罪受苦。所以,当他抑制不住长期被压制的情欲而把她搂进怀里想继续往下进行时,马缨花戛然而止,深情地劝他:"行了,行了……你别干这个……干这个伤身子骨,你还是好好地念你的书吧!"在她心里,"似乎只觉得念书是好事,是男人应该做的事,是一种高尚的行为"。

章永璘呢?唯有得到马缨花这样温情的女人的照拂,才显现出男人的活气,成为正常人,进而接上过去的记忆,意识到自己是一个"知识分子"。身份的确认使他开始"超越自己",觉得不能再继续作为一个被怜悯者、被施恩者的角色来生活。在她的施恩下生活,"我开始觉得这是我的耻辱,我甚至隐隐地觉得她的施舍玷污了我为一个光辉的愿望而受的苦行"。与此同时,他对她的感情也开始变化,发现她虽然美丽、善良、纯真,但终究还是一个未脱俗的女人,他和她有着不可能拉齐的差距。过去的经历和知识总使他觉得自己"属于一个更高的层次",在精神境界上他要比她优越,由此断定:"她和我两人是不相配的!"他曾有过和她结婚,在农村建立一个小家庭的念头,可是现在,在清醒地意识到他们之间难以弥合的差距后,他退缩了。一个虽然劳改释放但仍旧戴着"右派分子"帽子,刚从地狱的十八层上到十七层,仍然处在人下人的"非人"章永璘，竟然在被马缨花喂饱之后，反而暗暗地瞧不起她。

这些心理描写怎么看怎么别扭，分明是作者理性暴力强行介入之结果，既不符合人性演进之逻辑，也不符合民间伦理的道德诉求。一个中国民间叙事中突然插入大段的一如十九世纪俄罗斯文学《复活》、《罪与罚》等作品的心理剖析、灵魂拷问的描写，恰似一首中国西北民歌中没道理地嵌入一段交响乐，总让人不舒服。也许是作者为了表现章永璘经受苦难历程的深度和人性的复杂性，故而让他在欲望与理性、人性本真与道德变形、感恩者与背叛者的两种力量和两种角色中进行灵魂搏斗，为即将登场的忏悔铺垫。

读到这里时，我紧张得手心捏出了汗，生怕这个不知天高地厚、忘恩负义的家伙冒冒失失地和马缨花摊牌而伤害了她。我也感觉到作者写到这里时极为小心，他让章永璘的自我剖析和反复自辩的理性牵制住他那危险的念头，不让其自由任性。当他发现他有异样时，便提前制止了他的欲念，并将其导向忏悔之途。

他的情敌海喜喜因他的介入而成了一个失恋者，一个逃亡者。这个外表粗豪不羁、暴躁蛮横而心地纯朴多情的汉子只能选择离开，当他再次踏上逃亡之路时，真心诚意地告诉他，马缨花是个好女人，你和她成家吧！他的心被深深地刺痛了，是他造成了别人的不幸，"而被害者不但宽容了自己，还尽其最后的可能，再次施与了他的恩惠，那自己就不仅是忏悔,而是一个镂心的痛苦了"。接着,谢队长也劝他和马缨花结婚。

身体已经落地,灵魂跟着要上岸。让章永璘意想不到的是,他求婚的话一出口,便遭到马缨花委婉的拒绝。当他得知她现在暂时不想跟他结婚,全是为了他、为了这个家着想时,他才恍然大悟并深深地自责、忏悔。他从马缨花、谢队长、海喜喜身上看到了人性的美好,他们的优秀品质"成了我变为一种新的人的因素"。

俄罗斯文学一再演奏的人性觉醒、灵魂复活的交响乐又响起了,章永璘如同聂赫留朵夫和拉斯科尼科夫等忏悔贵族,经忏悔赎罪、人性升华、灵魂复活而成为一个新人了吗?我怀疑,至少在《绿化树》和《男人的一半是女人》这两部小说中,章永璘的"新人"理想仅仅处于梦想水平,一进入现实,他又重蹈覆辙,在欲望与理性、感恩者与背叛者之间徘徊、搏斗。章永璘身上有中国没落贵族的血液,却没有俄罗斯忏悔贵族的精神高度。

因小人暗中使坏,他被农场当作调皮捣蛋的人送到另一个以"专门整治人"出名的农工队。在这里,他遇到了第二个"梦中的洛神"黄香久。相比较而言,如果说马缨花是善的化身,美附丽其上的话,那么,黄香久则是美的化身,善随其后。黄香久惊艳脱俗的美是章永璘透过芦苇丛无意中撞见的:

她在洗澡。

她也不敢到排水沟中间去，两脚踏着岸边的一团水草，挥动着滚圆的胳膊，用窝成勺子状的手掌撩起水洒在自己的脖子上、肩膀上、胸脯上、腰上、小腹上……她整个身躯丰满圆润，每一个部位都显示出有韧性、有力度的柔软。阳光从两堵绿色的高墙中间直射下来，她的肌肤像绷紧的绸缎似的给人一种舒适的滑爽感和半透明的丝质感。尤其是她不停地抖动着的两肩和不停地颤动着的乳房，更闪耀着晶莹而温暖的光泽。而在高耸的乳房下面，是两弯迷人的阴影。

见到如此美的裸体景象，章永璘惊得连气都喘不过来。不仅如此，她的脸也很好看：

在她扬起脖子、抬起头的当儿，那绿色的芦苇上立即现出了一张讨人喜欢的面孔。眼睛、鼻子、嘴都不大，但配合得异常精巧，有一种女性特有的灵气。她的一头湿漉漉的短发妩媚地抿在脑后，使一张女性十足的脸平添了几分男孩子的英武气概。她那眉毛更增加了整个面部的风韵，细细的、长长的，平直地覆盖在她的眼睑上，但在她被凉水一激的时候，眉毛两端又高高地挑起和急遽地垂下去。生动得无可名状。

世界死了！此时世界上只剩下了她，世界因她的存在而光彩起来！

她叫黄香久。和章永璘一样，她也是一个倒霉透顶的苦命人。因犯"男女关系"，被判过三年劳改，结过两次婚，离过两次婚。但在他脑子里定格的，是她"美丽的、诱人的、丰腴滚圆的身体"。他欲望着她，经马婆子说合，他们跳过恋爱直接结婚了。一旦获得了她，他那古怪的想法又借助理性"超越自己"，对她对婚姻不满，在生存与背叛之间游移。他需要一个借口、一个理由来支持自己把背叛的念头变成行动，当他发现黄香久与支书曹学义私通后（黄香久与支书私通，非她所愿，这里既有生存的需要，其中还有章永璘性无能的原因，何况仅此一次），背叛合理化了。尽管黄香久在此期间已经把他从性无能的"废人"、"半个人"变成了一个完整的人，使其恢复了男性的雄健壮伟，并真诚地认了错，他还是固执地要抛弃她。

《男人的一半是女人》里的章永璘，不仅没有向"新人"迈进，反而退步了。鸡肠狗肚的他把贞操看得比什么都重要，耿耿于怀，伺机报复，私愤难泄于外，便把性生活当作粗暴复仇的手段。这说明，他还是一个被传统观念制约的人，一时很难成为真正意义上的新人。王晓明在二十多年前对章永璘这个人物作了这样的评价：他非但不是英雄，也谈不上是大恶，既非知识分子的代表，更谈不上是民族良知的体现，甚至常常不能算是一个男人。他仅仅是一个男人一个为生命而拼命挣扎的男人，一个集软弱和机敏于一身的受难者。我的看法是，章永璘生不逢时，是一个被身份定义，被阶级斗争陷害的知识分子，一个被侮辱、被欺凌、被迫害的受难者，一个在炼狱里苦苦挣扎的矛盾复合体；他的苦难一定程度上体现了中国当代知识分子的命运和时代的命运。

从人道主义及审美效果看，这两部小说中的马缨花和黄香久形象远胜于章永璘形象。她们是集善和美于一身的仁慈者、拯救者，面对不幸的受难者，在需要付出怜悯、同情、关爱、搭救时，她们一点也不含糊；当她们自己受到委屈、伤害，特别是在她们被抛弃时所表现出来的宽容和豁达态度，让人心灵震撼。比如黄香久，对负心汉章永璘既怨恨又心痛，她主动于离婚分手之夜献身留念的一幕，放射出人性的光辉，"只有女人能够既被男人抛弃而又一往情深地爱着男人，也只有女人能够在被抛弃的同时，又以感情的痴迷衬显出背叛者的价值"。对于这般心地善良而命运多舛的女性，我们唯有合掌祈福，而不敢有半点亵渎。

人道主义的历史反思

人道主义文学，行进到第二次世界大战后的二十世纪四五十年代时，出现了一道明显的分水岭。在这之前的人道主义文学，经过人文主义、启蒙主义和浪漫主义的反复浇灌培育，到十八至十九世纪时已经枝繁叶茂了，关注人的犯罪与人的救赎、人性的堕落与人性的复杂、人的生存与人的发展，成为人道主义文学思想的主向，它在雨果、哈代、卢梭、大仲马、梅里美等作家笔下流光溢彩，在托尔斯泰、陀思妥耶夫斯基为代表的俄罗斯文学那里达到巅峰。两次世界大战彻底破坏了人类的美好愿望，对人的自信心和自尊心是一次刻骨铭心的巨大伤害，至今未能愈合。人道主义从此改变走向，不再是乐观浪漫地攀登人性高峰，尽情抒写人性崇高、灵魂复活，而是在质问、反思的引导下往人性深处下潜，潜入到人性最隐蔽的幽深处，寻找恶之源，谁之罪。战争罪恶毁灭人性，同时又唤醒人性，《辛德勒的名单》、《拯救瑞恩大兵》、《钢琴家》、《美丽人生》、《命运无常》等作品从谴责战争、同情受害者到抒写极端处境中的美好人性，进而从反思战争上升到反思生命的水平。《细细的红线》、《浩劫》、《朗读者》等作品则继续反思追问，我们曾是一家人，为何要充满仇恨，互相对抗自相残杀？严重的现实问题还在于，战争结束了，但战争罪恶还在蔓延，继续祸及正在成长的下一代，不亚于另一场战争。《朗读者》揭示，战争像一场瘟疫，一种慢性毒药，一种可以在复制中遗传的基因密码，处在这个生命链上的所有人，都是战争罪恶的带菌者。

张贤亮小说的现实背景是一九五七年的反右派运动和"文化大革命"。新中国前二十多年的阶级斗争愈演愈烈，革命一场接着一场。反右派运动是"文化大革命"的提前预演,"文化大革命"是反右派运动的登峰造极的表现。用战争方式发动的政治运动,是一场看不见硝烟的战争,一点也不逊色真正的战争。我越来越意识到,反右派运动和"文化大革命"对于民族精神和人性毁坏的程度,甚至比战争更厉害。战争是双刃剑,一面在毁灭人性,一面在铸造民族精神和人性精神。比如抗日战争,一面是日本帝国主义的残酷屠杀,一面是中华民族精神的急剧上升。可反右派运动和"文化大革命"对人性的毁灭是彻底的,由于它们是在合法化的名义下实施的,无论是手持武器的批判者,还是束手就擒的被批判者,都被荒诞的政治暴力愚弄了,以至于整个民族陷入了思想疯狂而实际上精神荒芜的状态。

"文化大革命"终结之后崛起的新时期文学,认真地做着清理废墟、唤醒人性的工作,劫后余生的作家们对极左政治罪恶给国家、民族、家庭、个人造成的毁灭性灾难有着切肤之痛,对其的揭露、剖析、批判如同一场歼灭战。我们显然没有意识到,极左政治暴力导演的反右派运动和"文化大革命"作为事件已经结束了,但它携带的病毒却潜伏下来了,几十年的极左政治运动和变态的阶级斗争为我们的民族强行注入了过多的病毒。张贤亮意识到了这一点,二〇〇五年当他又发表了一个讲述"文革"故事的作品后,有记者问他,"文革"过去几十年了,你为什么一直在讲述这个主题?他说:"这可能是我一辈子的主题,因为这就是我的命运",无论是《灵与肉》、《绿化树》、《男人的一半是女人》、《习惯死亡》、《我的菩提树》等,还是《青春期》,都笼罩和纠缠在这样的记忆中。之所以如此,是他认识到,"虽然从政治角度来看'文革'结束了,但是在文化上、民族心态上这样的阴影并没有消除,我们没有来得及对这场革命给人心灵造成的伤害、摧残进行清理,甚至,我们都忘记了这沉重的一页,我们经历的一切被遗忘了"。毕飞宇对其的表述是:"事件结束了,精神却还在。"毕飞宇说他在《平原》的结尾安排了一个带菌者的角色,无非是想说出一个简单的事实,"文革"作为政治事件结束了,但它的毒菌依然存在。

能够意识到这一点的作家让人敬重,如果这个作家还能够把这种认识给予文学,那他一准是个好作家。一个作家是否优秀,是否伟大,首先取决于他思想站立的高度,认识事物的深度,张贤亮无疑是具备了这种素质的好作家。章永璘已然成为可以解开一个时代密码的符号,可能由于这个形象还处于发展之中,就目前他所有的表现来看,他还是一个未完成的形象。

二〇一一年五月二十二日

一个不该被遗忘的作家
——重读刘克

一

刘克是一个应该进入文学史的作家,在上世纪八十年代,凭其中篇小说《飞天》在全国产生的广泛争论,特别是首开描写地域西藏之先河的四部中篇小说《康巴阿公》、《古碉堡》、《暮巴拉·雾山》、《采桑子》所达到的水准及它们在当时文坛产生的深度震撼,他应该进入文学史。但文学史确实将他遗忘了,甚至连文学社会也将他遗忘了。中国当代文学史及其配套的作品选出版了几十种,均见不到刘克。偶尔一现,那准是在宏观扫描新时期文学的概述里,顺带一笔提及曾经引起广泛争议的《飞天》。就连无所不及、无所不收的网络,也很难见到作家刘克的踪迹。

刘克被文学史遗忘,直接的原因有二。一是他的这些小说均未获得全国性的文学大奖。获奖常常是一篇(部)

作品被文坛公认进而被文学史认可的标志，在那个一位作家以一篇小说轰动全国，一夜间成名的年代，其作品获不获奖，对一个作家太重要了。刘克没有获得全国文学奖，这是他的遗憾，也是中国当代文学的遗憾。我将他的《飞天》和"西藏系列小说"同当时获奖的作品对照着读，感觉他的这些小说的水准绝对在获奖作品的中线之上，其中的《康巴阿公》和《古碉堡》则属于上线之作。

二是他作品的数量对他进入文学史极为不利。文学史是一个巨大的话语系统，它对进入其间的作家的选择，通常将作家放在第一位，而将真正构成文学史的作品放在第二位，这种谬误在一定程度上遮蔽了文学史的真相。余华曾在《文学和文学史》一文中，特以波兰作家布鲁诺·舒尔茨的"不幸"来指认文学史的这一谬误。布鲁诺·舒尔茨是一位不错的画家，同时他也写小说，死后仅留下薄薄的两本短篇小说和一个中篇小说，此外他还翻译了卡夫卡的《审判》。他的作品有时候与卡夫卡相像，卡夫卡的作品震撼了近一个世纪的阅读，但他没有收到眼泪，布鲁诺·舒尔茨却两者都有。布鲁诺·舒尔茨与卡夫卡一样写下了二十世纪最出色的小说，可是他的作品的数量影响了他进入文学史，因此他无法成为二十世纪最重要的作家。还有日本的作家樋口一叶，似乎是另一个布鲁诺·舒尔茨，她的二十几个短篇小说完全可以使她进入十九世纪最伟大的女作家之列，可她死后置身其间的文学史，对她似乎也像对死亡一样蛮横无理。被海明威称为二十世纪美国最重要作家之一的史蒂汾·葛润，写了两篇精彩无比的短篇小说，在海明威看来，有两篇异常出色的短篇小说就足够了，但文学史对他不屑一顾。这样不幸的作家其实很多，他们都或多或少地写下了无愧于自己，同时也无愧于文学的作品。然而，"文学史总是乐意去表达作家的历史，而不是文学真正的历史"，这是作家的不幸，更是文学的不幸。几乎是所有的文学史都把作家放在了首位，而把文学放在了第二位。只有很少的人意识到文学的历史不应是作家的历史，而应是文学的历史。

刘克也是不幸的，文学史对他的不公正不应该成为永远的历史，就凭《康巴阿公》、《古碉堡》、《暮巴拉·雾山》、《采桑子》这四部出色的"西藏系列小说"，刘克也应该进入文学史。

刘克是以《飞天》登上新时期文坛的，这篇发表后引起广泛争论的小说，叙写了一个名叫"飞天"的姑娘在二十世纪六十年代从遭受生活的苦难到被军区政委奸污而倍感屈辱并最终毁灭的故事。小说对强权的揭露和谴责，对被迫害被侮辱的女性的同情，渗透着道德和正义的力量，但它的缺陷也是很明显的。

真正显示出刘克出色的创作才华的作品，是"西藏系列小说"。反思极左思想，坚持人道主义立场，从个体被毁灭的悲剧来反观整个民族在特定的历史时期的思想状态和生存状态，是它们共同的思想指向。其中的《康巴阿公》和《古碉堡》写于新时期文学崛起阶段。

《康巴阿公》发表后，以其题材的独特、问题的尖锐和思想的深刻而震撼文坛。它叙述了一个真实而传奇的故事：康巴阿公原是红四方面军一个特务连连长，一九三五年因受伤滞留川西康区，在格达活佛的关照下，成为头人的奴隶。头人朱阿·才望登珠出于对红军的尊敬，又很爱惜这个富有才智的人，并没有把他作为奴隶来对待。驻康国民党注意到他，此处不能久留，在头人的帮助下，他逃到被称为"鬼地"和"罪犯之乡"的藏区果麻。

但国民党军统特务还是盯上了他，他们对他威逼利诱，想利用他，他在杀死两个前来逼降的军统特务后，逃到刀耕火种、处于原始状态的僜巴人地区。他靠他的品质、才智和行为，赢得了果麻人和僜巴人的信赖和尊敬，并被他们视为英雄。但康巴阿公并不满足民间对其的肯定，他在维护自己革命者的信仰的同时，一直苦苦地追求组织上对自己真正红军身份的确认。组织上调查的结果，证实了康巴阿公红军的真实身份。顺理成章，康巴阿公的身份应该立即恢复，他想回老家和老婆儿子团聚的要求也将得到满足。但在政治极端化的年代，他的这些合理的要求不仅受到怀疑，进而还遭到否定。理由是："真正的红军不应当在果麻，而是在二万五千里长征路上"。

当年红四方面军留下的伤病员，脱离部队后，为了生存,大多数成了头人的奴隶,并和当地藏族妇女结婚生子,逐渐藏化了,自然也就"自动脱党脱军"了。而他们这样做,完全符合组织的要求。

于是组织上定下一个原则:既不承认他是红军,又不否认他是红军;既不问他的过去,又不提他的将来;既不当面说他好,又不背后说他坏,反正一切都是"既不又不"。在"既不又不"中,特别是话既不能讲明,又还要意思清楚,让康巴阿公悟出道理,自觉自愿地收回"我是红军"。

康巴阿公很快明白了其中的原委,他知道争取合法性身份的愿望已经不可能了,于是笑着说:"我不过是说我当过红军,又不想求得什么。红军,本是拿着火把照亮别人的人,我的火把熄灭了,不再是红军,让别人拿着火把再来照亮红军,这样的红军,我,更不是了。"康巴阿公的红军身份被否定了,唯一可以安慰的是,他回老家的要求被批准了。

悲剧还没有结束,迎接康巴阿公的,仍然是悲剧接着悲剧。康巴阿公回到老家,老婆已经死了,当副处长的儿子怕影响自己的前程,不认他这个父亲,他一再强调:"我的父亲是红军烈士,他在长征路上已经牺牲了。"他深感悲哀,自尊全无,精神崩溃,这里的路被堵死了,彻底失望的康巴阿公又回到果麻,决意重返"人性之乡"的僜巴人地区。不幸的是,康巴阿公在途中掉入河里,永远消失了。

康巴阿公的遭难与不幸,是政治极端化的年代,极左思想对红军形象的革命性阐释扭曲了现实与人性的结果,在这个过程中,个体的生命虽然历经了磨难,以致最终遭到了毁灭,但康巴阿公于极度苦难中所体现出来的坚守信仰、坚守人格力量的精神,让人们在同情之中又油然升起崇敬之情。

二

《古碉堡》仍然是一部渗透着人道主义精神的悲剧。在这部悲剧里,身世最悲惨,命运最不幸,遭受的侮辱和迫害最深重的人,不是古热村的穷人,而是活佛的小老婆曲珍。

曲珍的命运始于悲剧,终于悲剧,是一个被"身份"所毁灭的悲剧性人物。

曲珍的悲剧在二十年前就命定了。二十年前,曲珍的母亲是个漂亮的姑娘,一天,一个贵族四品官大活佛路过豁卡(庄园)时看见了她,当晚她就被活佛以赐给吉祥的名义支"女差"了。曲珍的母亲无法反抗,只有应"差"。而正是这天晚上,她怀孕了,后来生下了曲珍。

十多年后,曲珍出落成一个漂亮的姑娘。一天,四品官大活佛又途径豁卡,他看见曲珍长得漂亮,又以赐给吉祥的名义支"女差",曲珍也无法抗拒,只有应"差"。发疯般的母亲拼死拼活地把女儿拖了出来，让她逃走。从此她再也没有见到母亲。

逃奔的曲珍途中遇到红教活佛贡噶桑布。贡噶桑布活佛以佛家的慈悲，对曲珍伸出了援手，但就在当天晚上，他把曲珍拖进了帐篷。

贡噶桑布没有想娶曲珍做老婆，但事后知道曲珍有这么一个身世，贡噶桑布吓坏了，执政教的大活佛一旦追问起来，他还有救吗？长期以来，被强大的黄教挤压到边远地区零星生存的红教，即使是活佛，也抵挡不住大活佛的一击。他懊悔不及，急忙走门路，赔钱赔物，弄得倾家荡产。

大活佛没想到支"女差"支出了一笔横财，便没有对贡噶桑布论罪。大小活佛一妥协，曲珍就成了贡噶桑布的小老婆。

在整个事件中，曲珍成了牺牲品。无论从哪个方面讲，曲珍都是一个让人同情的可怜的女人。

然而，曲珍的悲剧才刚刚开始。如果曲珍是个没有什么想法的姑娘，那么，成为活佛的小老婆，她也就跟着一步登天了。偏偏她早在幼年时就从老牧人优美的故事中获得了知识的资源，头脑里充满了美丽的梦幻般的向往，成了活佛小老婆后，她觉得梦想全部破灭了。她厌恶这个大她五十岁的活佛，在绝望之中她看见了年青的喇嘛阿望，经几次短暂的接触，随即大胆主动地把全部爆发出来的感情倾注在阿望身上，并且很快怀孕了。

曲珍和阿望的爱情开始时是真诚的，当曲珍央求阿望带着她远走高飞时，阿望胆怯恐惧。隐情终于被活佛发现，阿望吓得魂飞魄散，跪地求饶。曲珍鄙视阿望，主动承担责任，愿意接受任何惩治。

出乎意料，活佛既没有惩治曲珍，也没有惩治阿望，反而对他们异乎寻常地好。这样一来，既遮掩了曲珍怀孕的真相，又说明他道行高超，六十九岁还会有孩子，"真正的活佛就是活一百岁也照样有孩子，要不，怎叫活佛呢？"

民主改革前夕，活佛带着大老婆逃到国外，曲珍当时因为要生孩子，无法行动，便被留下来。活佛指令喇嘛阿望照顾曲珍，待她生下孩子后立即带她出国。曲珍不想出国，她厌恶活佛，厌恶阿望，为此，她带着刚出生的孩子逃到山上废墟般的古碉堡里，拖着不出国，直到先被古热村的薏西卓玛发现，继而被上山观赏古碉堡的解放军发现。小说从这里开始。

面对活佛的小老婆，如何对待，如何处置，古热村出现了三种立场。

以薏西卓玛为首的古热村村民是曲珍坚定的保护者，他们先是为曲珍的身份严守秘密，当曲珍的身份被暴露而遭受伤害时，又是他们在暗中保护她。他们之所以关心曲珍、保护曲珍，这里自然有对活佛敬畏的成分，但最主要的是他们站在民间伦理的立场，同情这个可怜的女人。他们根据自己的生活经验，按照自己对事物的理解，区分什么是善，什么是恶，自觉或不自觉地把曲珍与活佛贡噶桑布区分开来。

与薏西卓玛为首的古热村人形成对照的是阿望和洛布顿珠，这两个人，一个是曲珍怀中婴儿事实上的父亲，一个是新生革命政权的基层干部、薏西卓玛的丈夫。前者是卑鄙小人，善于审时度势，阴暗残忍，一切从私利出发，为了表白自己与活佛、与曲珍划清界限，他不惜丧失人性，与恶为伍，先是嫁祸曲珍，落井下石，接着又出卖曲珍，置曲珍于死地。

后者无疑是"革命时期"阶级斗争极端化的产物，一个从封建农奴制度下的农奴一跃而成为埋葬这个制度的革命者。这个突变使他跨越了整整儿个世纪，他甚至还没有意识到这是怎么回事，身份与角色便置换了。在革命激情的鼓励下，他的行动超前了，这个政治立场坚定而思想显然还滞留在农奴制水平的革命者，总是以阶级斗争的观点看待古热村存在的问题，因此，对活佛小老婆曲珍的揭露与惩治，他毫不手软。

在古热村，真正掌握着革命话语权的人，不是平叛生产委员会主任洛布顿珠，而是古热村工作组组长的"我"。我是新生革命政权在古热村的代表，是一个对曲珍的命运起着至关重要作用的人物。从革命的和阶级的立场出发，我厌恶活佛小老婆，当我看到凄伤的曲珍怀抱着孩子孤立无助时,无意间,我感到:"这是一个可怜的女人!"

这是从人性深处自然溢出的同情心,它太珍贵了。然而,它又是极其危险的,因为在"革命时期",革命性与人性是两种对立的存在,前者掌控着意识形态话语权,具有统领一切、扼杀一切的权威,而后者则是被压抑的存在。但是,它只要溢出,就不会被湮灭,尤其是在地处雅鲁藏布江以南偏远落后的古热村,有着如同夜色一般的环境掩护着它偷偷地开放。果然,当我看到从来不会种地而被迫学种地的曲珍一个人起早摸黑辛苦劳作时,便告诉洛布顿珠:"别让她下地了!"她有孩子,秋后的粮食另行解决。当洛布顿珠在河边剥光曲珍的衣裳鞭打侮辱她时,我及时赶到,严厉地制止了这种丧失人性的残暴行为。特别是在我听了曲珍的自我倾诉,了解了她不幸的身世之后,更引起了我深深的同情,觉得把她按活佛小老婆对待是不公正的,必须给她平反。

我的这种大胆"越界"的想法明显违背了革命性和阶级性的原则,弄得不好,不仅救不了曲珍,反而连我也要被毁掉。这一点,连极其单纯的曲珍也看到了,为了不牵累我,她哀求我:"长官,这事,你不要做!""这让另一个长官做吧。你这样好的长官,怎么好让你为我这个不值得的人犯错误!"曲珍说的没错,我想解决她的问题,可事实上我根本做不到,这是我的无奈,于是在内心十分歉疚,觉得"愧对一颗美丽的、善良的心"。

为了彻底断绝我为她平反的念头,曲珍在雨夜追赶到我回拉萨途中住宿的古驿站,站在门外向我告别,合掌为我祝福,然后跳崖自尽。

一个美丽善良的生命就这样过早地消失了!她最终是在人性的感召下结束了生命,但将她一步步逼向绝境的,却是反人性的强大的现实力量的使然。说到底,曲珍的悲剧是其活佛小老婆的身份与"革命"不相容的结果,尽管她曾经也是个农奴,后来嫁给活佛完全是迫于无奈,尽管她单纯善良,为古热村多数人所同情,但革命内部对她身份的定性却是难以改变的,这就决定了她难逃悲剧的命运。

同情受苦受难受迫害的不幸者,是人道主义最基本的命题,这篇反思中国当代历史的小说,正是对人道主义这一命题所作的新的演绎。在人道主义长期被防范、被监控,直至新时期文学初期仍然没有完全被解禁的情况下,刘克于一九八一年写出了这样一篇思想尖锐,并且充满着人道主义精神的作品,实在令人敬佩。《古碉堡》已经成为新时期人道主义文学思潮的滥觞之作,文学史应该记住《古碉堡》和《康巴阿公》等小说,以及它们的作者刘克。

二〇一〇年六月十五日改写

"他恨他,他也想他"
——读杨少衡《昨日的枪声》

这是一个传奇,"我们家的传奇,我爷爷和我曾祖父的故事"。五六十年前,呼风唤雨、不可一世的土匪司令吴文龙,被对他恨之入骨的家庭逆子——身为解放军战士的儿子林一新击毙;五六十年后,心宽体胖、慈眉善目、活像一尊弥勒佛的林一新皈依血缘,认祖归宗。这就是杨少衡小说新作《昨日的枪声》讲述的传奇故事。

一

显然,这又是一部写土匪的小说。我之所以对这样一部写土匪的小说格外关注,一是因为它突然接通了我十多年前的一段学术思考,一九九七年我针对九十年代小说中的土匪形象,写了一篇题为《史学新思潮与文学新形象——论九十年代小说中的社会土匪形象》的文章。二是因为它在革命伦理与血缘伦理长期对立的语境中,智慧地引出人道主义思想，与我近期关于新时期文学人道主义思潮的研究密切相关。

上世纪九十年代前期，众多作家在众多小说中不约而同地描写了众多新的土匪形象，如贾平凹的《五魁》中的唐景、五魁，《白朗》中的白朗，苏童的《十九间房》中的春麦，田中禾的《匪首》中的姬有申，陈忠实的《白鹿原》中的大拇指、黑娃，高建群的《最后一个匈奴》中的黑大头，尤凤伟的《金龟》、《石门夜话》中的二爷，等等。之所以说这些小说中的土匪形象是"新"的，是因为在人们的观念里，土匪是祸国殃民的社会"恶人"、遍施烧杀抢劫奸淫的邪恶之徒。但这些小说中的民国时期的土匪，一改往日凶残恶毒之面目，良善义气，重情重德。把土匪写得很有人性，理解他们，同情他们，进而有限度的赞美他们，是这些小说共同的思想倾向。无疑，在中国当代文学史上，这是一个十分重要的文学现象，一个必须认真对待的文学问题。

我首先必须给这些土匪定性，他们究竟是"好人"还是"坏人"？说他们是好人，显然与现有的观念相抵触，因为无论是在正统观念还是在民间观念里，土匪都被定义为坏人，怎么能够称其为好人呢？说他们是坏人，又明显有违事实。在阶级语境中，我们向来恪守绝对性的阶级判断而不敢越雷池一步作超越性的思考。我要借助思想和理论的支持，算我有运气，仿佛神助似的，当时我无意中读到的英国学者贝思飞的《民国时期的土匪》一书帮了我大忙，让我豁然开朗，问题见底。

贝思飞的《民国时期的土匪》是在西方史学新思潮影响之下写成的一部学术著作。二十世纪六十年代末至七十年代，西方史学界曾经出现过一种"新的治史态度"，许多青年学者开始不满意并反对传统的史学研究仅仅注重历史上的重大事件和重要人物的倾向。他们认为，这种研究是不充分的，会对历史的其他方面造成遮蔽，呈现的是不完整的历史。在这种思想的推动下，他们认为，历史学家也应当关心普通民众。在这一背景之下，英国著名的历史学家埃里·霍布斯鲍姆于一九六九年出版了一本具有开拓性的专门研究土匪的著作，名为《土匪》。自从这本书问世以后，各国学者纷纷跟进，已经考察了世界各地的土匪活动的现象。正是在这一史学新思潮的影响下，贝思飞积十年之功力，于一九八八年出版了专门研究中国民国时期土匪的著作《民国时期的土匪》，西方学者称其为"民国土匪活动第一部综合研究专著"。

霍布斯鲍姆和贝思飞以大量的史料为依据，科学地分析了土匪之为土匪的原因，土匪的来源、类型、性质和生存方式，给出了符合事实的结论。土匪是一个十分复杂又十分特殊的社会阶层，旧中国土匪的成因、来源相当复杂：有为贫穷所迫的善良百姓；有纯粹为了报仇雪恨的复仇者；有受官府或地方恶霸欺凌而被"逼上梁山"的；有趁世混乱、伺机而起的社会渣滓、流氓地痞；有残暴成性的邪恶之徒；还有犯罪躲罪，入匪消灾的；乡霸恶绅往往摇身一变而成为匪首；历次战争中的残兵败将、散兵游勇也是土匪的一个重要来源。

土匪的来源混杂，他们的目的和动机也各有差异，故而其性质有别。以其性质大致可归纳为三种类型：第一类土匪是"社会土匪"。所谓社会土匪，霍布斯鲍姆给出了这样的解释："他们不是被公众舆论当作单纯的犯罪分子……而是作为英雄、战士、复仇者、保卫正义的斗士，也许甚至是解放运动的领袖，总之，他们受人赞美，值得帮助和支持"。这类"好的土匪"就是"社会土匪"，中国百姓常常将他们称为"绿林好汉"。第二类土匪是恶匪，即歹毒成性、欺压良善、滥抢滥杀的邪恶之徒，即"坏的土匪"。在中国当代文学史上，长篇小说《林海雪原》以典型化的写法，第一次集中地描写了各色恶匪形象。第三类土匪是纯粹为生计所迫，在小范围内进行一般性的抢劫，但不实施烧杀抢劫奸淫的"季节性"土匪。当然，更多的土匪是混合型的，难以明确归类。

但是，对于大多数土匪来说，当土匪是迫不得已之举，是"逼上梁山"。土匪活动就其总的倾向来看，既不是造反，也不是革命，而是为了自我生存或自我改善。因此，当他们采取行动时，其矛头不是对准整个统治阶级，而是有针对性地选择那些直接伤害过、压迫过他们的权势者。

九十年代前期小说中出现的新的土匪形象基本上可归入"社会土匪"即"好的土匪"之列。这些小说描写了土匪为匪的无奈与悲伤、愤怒与反抗，揭示了他们为匪的合理性，同情他们的不幸遭遇，同时叙写了他们行侠仗义、善良刚勇的品质。

二

《昨日的枪声》中的匪首吴文龙不是"好的土匪"，从作品对他的定性以及他的行为来看，他基本上属于"恶匪"、"坏的土匪"之类。吴文龙可不是一般的土匪，他是集官匪于一身，游离于权力中心而又时时威慑权力中心的土匪。对于这样一位霸气十足而又作为小说主角之一的土匪，作者自然要多作一些铺垫。吴文龙年幼丧亲，小小年纪就入道为匪。还是在当小土匪时，他就制造了天大案子，劫持县商会会长儿子的迎亲队，抢新娘杀新郎，让他名声大噪，"谁让他看不顺眼，谁就掉脑袋"。从此，他在土匪中崭露头角，拉起了自己的队伍，独霸一方，不再受制于他人。他的势力越来越大，掌控着本地最大一支武装力量。就连国民党派来的县长，在这里也只能仰其鼻息。他有许多头衔，曾被国民政府委任为保安旅长、县政府军事科长、"长同海三县联防指挥部"副总指挥，国民党军队溃败南逃时，他是"东南反共救国军第一纵队"司令。无论以什么面目头衔出现，吴文龙手下的基本力量始终没有变过，他的队伍在本地活动多年，二十多年间没有任何官方身份，直到抗日战争胜利，内战爆发之后，政府以优厚条件收编该部时，吴文龙才正式成为政府辖下的一支地方部队长官。此前这支队伍不属于任何党派，一律着便装，背斗笠，打赤脚，活跃于本地山岭丘陵之间，打家劫舍，绑票派款，说白了，那就是一伙土匪，土啦巴唧的一群匪徒。眼下，国民党军队大溃逃，他屯兵于当年聚众为匪的险要山地，与解放军对峙。

　　小说一再提及，吴文龙打家劫舍，杀人放火，欺压百姓，为非作歹，恶贯满盈，极端可恶，是为害一方的罪魁祸首。一句话，这是一个十恶不赦的恶魔。可这些罪名下面没有多少实质性的内容。仔细数来，他犯下的罪恶不外乎这几项：一是他出道不久时劫持县商会会长儿子的迎亲队，抢新娘杀新郎，逼新娘做压寨夫人。二是解放军攻击吴文龙匪巢的宫美大战，吴文龙怕家人被俘遭难，放火烧死了大小老婆和儿女。三是一九四九年十一月他制造了"田中央事件"，有七名解放军在战斗中牺牲。他与这三项罪行的关系，细分析起来也颇耐人寻味。一是抢新娘做压寨夫人，这是绝大多数土匪头子都干过的事，没有什么特别，倒是他一出手就敢于抢劫县商会会长儿子的新娘，则让人暗暗生出几分佩服之情。二是放火烧死全家人，是担心他们被俘后受辱遭殃，其中不是又含有几分怜惜之情吗？

三是"田中央事件",如果追究其责任,那也是因为解放军谈判代表林一新枪走火而直接引发的,更何况他当时不在现场。

与此同时,作品中一些在场和不在场的声音,似乎在传达着另一种意思:吴文龙尽管凶狠残酷,但他并未灭绝人性。他曾经救过贫病交加、奄奄一息的小流浪汉郭木鑫一命,致使郭木鑫对他感恩一生;他手下近千人,这些任性放纵,长年散漫的土匪愿意臣服于他,我想,仅凭家法是难以制服他们的,肯定还有笼络人心的善行抚慰着他们,譬如救郭木鑫之举,就有可能使许多土匪铁了心跟随他;他一而再、再而三地把"生"让给与他生死相搏的儿子林一新,而把"死"最终留给了自己。

不可忽视吴文龙救郭木鑫这似乎不起眼的一笔,对于吴文龙这位总是以恶的面目出现的匪首,这一笔近乎神来之笔——我不知道作者是否意识到了这一点,它实际上是往后寻觅找回了人物人性的善根善源。他对小流浪汉郭木鑫的怜悯救助,既是自己幼年不幸经历的情感投射——同病相怜,更重要的是,它把他的善德向前推进时自然留下的一些缝隙给缝上了。但千万不要指望它在善恶结构中能够占据支配一切的地位,在纵恶为恶的土匪社会里,善是极其脆弱的存在,这就决定了他的这点善根善因不会无条件地遍施。也就是说,他的善德在施与时是具有明确方向的,即具有选择性,需要一个理由。小说给了他一个合理的理由，那就是：当他与革命政权对立时，他遭遇了自己的亲生儿子。儿子是以革命政权代表的身份与他相遇的，这就使他在不可选择的情境中做出了选择。与革命政权对立，他可以采取恶的方式，以武力相抗衡，但现在他面对的却是自己的儿子，尽管是一个与他水火不相容、生死对立的逆子，他就不可能任意而为了。此时，血缘像一根线，早就把他和儿子联系起来了。血缘伦理具有穿越时空、消弭爱恨情仇的隐蔽力量，让吴文龙回归血缘，觅情识路。中国是一个以血缘为纽带，以家庭为基础的伦理国家。血缘是伦理的原点、出发点，它的表达形式是血缘亲情的施与。吴文龙此刻找回了血缘亲情，用一个合理的理由向儿子出示了爱和善。这说明，被恶所粗鄙化的匪首吴文龙也有柔情，其人性中也有善的潜含。

而这，正是小说人道主义意蕴生成的拐点，若处理不好的话，不仅人性和人道主义内容出不来，而且还会造成以血缘伦理否定革命伦理的负效应。作者相当智慧，在革命伦理与血缘伦理之间，他不取绝对的对立形式，而是从最纯朴的情感处入手，用血缘亲情接通人性和人道主义，从革命伦理的高处悄悄地过渡到民间化的血缘伦理层面。"他们的血缘相延，他们是直系血亲，这是基本事实。"一进入血缘伦理层面，作品的人性和人道主义意蕴的生成就合情合理了。

三

人道主义意蕴的最终生成,不能止于血缘伦理的人性表现,它需要脱胎换骨般的思想穿越和精神升华。这个任务另有吴文龙之子林一新来完成。

小说的叙事者是"我",被叙述者主要有两个,一个是我曾祖父亲吴文龙,另一个是我爷爷林一新。这两个人,一个是匪首司令,一个是家庭逆子;"一个属于正被摧毁的旧社会,一个属于正在建立中的新社会";他们生死对立,你死我活,浸透着鲜血和仇恨。但是,在父子之战结束之后的漫长岁月里,身为革命者的儿子林一新竟然对死去的土匪父亲吴文龙滋生出越来越强烈的情感:"他恨他,他也想他"。

他恨他,仿佛与生俱来。他自幼脾气倔强,与父亲的关系不好,彼此不亲,见了父亲从不主动叫"叔阿"(父亲的俗称),非得母亲再三催促,才勉强开口,为此被父亲痛打过几回,父子之间越发像仇人。后来他离家上学,从小学到中学到大学,再到参加革命,对父亲的恨不仅没有减轻,反而愈发深刻,自然积恨成仇了。他最大的心愿,就是有朝一日亲手毙了"叔阿","他声称要跟自己的老爹算总账,不是为了自己和母亲的家庭恩怨,而是为了被压迫被欺凌被抢夺被杀戮的所有受苦人"。这样就把私仇家恨上升到阶级仇恨上了。为了表示与土匪父亲不共戴天，他改名换姓叫林一新。解放前夕，吴文龙制造"田中央事件"，伤害解放军谈判代表，后来在宫美大战中又烧死包括林一新母亲在内的所有亲人，对于林一新来说，无疑是旧恨加新仇。仇上加仇，仇就走上了一条不归路，其结果，是林一新复仇成功，亲手击毙了父亲。

他也想他。这是小说的突兀之处，尖峰时刻，一百八十度的大转弯，弄得不好会失控翻车。读到这里，感觉人物情感的变化很急很陡，但又合情合理合度地缓缓地落了下来。妙处在于林一新对父亲的"念想"，是从作品人道主义意蕴生成的拐点，即吴文龙向儿子出示爱和善的情感处滑行过来的。自然先是父亲三次把"生"让给了儿子，第一次是"田中央之战"，他命令所有枪口避开他，第二次是他暗示五姨太放走被俘的他，第三次是他们举枪对决之际，他把"死"留给了自己。他们双方都没说出其间的情感奥秘，倒是他们的后人——吴文龙的曾孙子、林一新的孙子、小说叙事者的"我"把这一切看得清清楚楚：

> 解放初期剿匪战斗中，田中央一仗，除排长他们都牺牲了，我爷爷毫发未损，肯定是我曾祖父的安排。后来他五姨在夜里开枪，把他推下河去，他一直认为是五姨与母亲好，私下放他一马。事过之后，静下心来，五姨哪怕有这个心，只怕也没那么大的胆。如此

行事,很可能是吴文龙的意思,不是吴司令亲自授意,也是五姨揣摸其心而后为的。

……

我爷爷是集训队的政治教官,总是背着一支匣子枪,其实他举枪不走火就算本事,放枪不瞄准,瞎打一气,从来打不中一个目标。那天在月夜中他一枪打中自己的老爸,实在是一个意外。跟儿子相比,老子吴文龙完全不同。吴文龙土匪出身,能从一个小匪徒一步步起来,直到控制一县,当上司令,除了胆大包天,心狠手辣,会笼络人外,他还枪法高超。他能在小兵头上放一只梨,随手一枪打飞,保证不伤小兵一根毫毛。如此枪法,镇住了无数人,让匪众格外信服。

"那天晚上,该是他打死他的。"

郭木鑫的意思是,以两人的枪法论,那晚上该是我曾祖父把我爷爷打死在路旁。为什么结果相反,是我爷爷把他打死在牛车上?我爷爷那一枪很稀罕地击中了目标,而我曾祖父那一枪肯定不是对准儿子放的,否则该儿子已经栽倒于地了。

继而是儿子在之后五六十年漫长岁月里对父亲的"念想"。吴文龙被打死后,他安排人把父亲从草草掩埋的土里挖出来,悄悄地运回老家,移葬于人迹罕至的大山深处,"文化大革命"期间又将墓地重修了一次;他让孙子返祖归宗，恢复吴姓，之后又强逼孙子回老家给曾祖父扫墓，最后把自己与父亲葬到一起。

身体落地归根，灵魂上岸安顿。但灵魂给出的内容却是朦胧的，只有一个人性向善的指向。我们需要具体答案。根据小说的描写，其内容可作这样描述：一是血缘亲情在岁月的磨砺中愈发浓烈，渐入老境的他渐渐平息仇恨而认祖归宗。"他们尖锐地敌对，同时又奇妙地相通"，其相通的可行性全因为他们是血缘意义上的父子，尽管他恨他，但这并不妨碍他在父亲消失之后的岁月里还有血缘亲情要表达。二是父亲三次枪下留他，他不愿意也不敢公然承认，因为这与革命伦理相悖。但扪心自问，我相信他会在心灵深处暗暗感念父亲的，所以"他恨他，他也想他"。

这些基于血缘伦理表达的人性内容，对我们对这部小说简直太珍贵了。它说明，当我们拆除种种先入为主的观念，把土匪当作人来理解时，发现即便是恶的土匪，其人性中也有善的潜存和善的表达欲求，由此证明我们的文学对人的理解又进了一步。特定时代的阶级冲突、民族冲突、国家冲突，特定环境的善恶冲突，均不能越界定义一切，解释一切。反之，对特定时代和特定环境的阶级冲突、民族冲突、国家冲突、善恶冲突进行深度反思，实际上是人类面对自我的反思和重新确认。

但是，基于血缘伦理表达的人性内容必然受制于血缘而腾升不起来，开拓不出大境界。《昨日的枪声》蕴含着基于血缘伦理又超越血缘伦理的人性内容,但它是深潜的,潜存于林一新含而不露的"念想"中,需要我们将其揭示出来。

《昨日的枪声》出示血缘亲情牌,以此消弭阶级对立不可逾越的屏障,把善从血缘中导引出来。细读作品,用心体会人物的思想情感变化的脉络,不难发现人道主义的同情、忏悔和宽容也一并进来了。不妨做一些解读阐释:林一新"念想"父亲,除了上述两个原因外,想必他还有愧疚悔悟的情感在内。毕竟是他亲手击毙了父亲,他虽然实现了自己最大的心愿,但待战争平息之后,留给他的一定不是自豪而是默默的愧疚,并夹带着混沌难辨的悔悟。悔悟不会单独出现,它必须与愧疚互相配合。原因很简单,他们是血缘意义上的父子关系,何况父亲曾三次枪下留他。愧疚一出,悔悟必然跟进,随之跟进的还有同情和超越性的宽容情感。作为革命者的林一新会同情和宽容父亲吗?我想会的。尤其是他到垂暮之年,将心比心,痛定思痛,他会同情父亲因年幼丧亲而不幸落草为匪的遭难,同情他因阶级对立而死于自己的枪下。问题是,他能宽容他所犯下的所有罪行吗?我想不会。但我以为,他对父亲的"念想"中有明显的宽恕成分。这宽恕没有具体的实指,更多的是朦胧的情感上的同情和自我安慰,落实到表现形式上,就是将伤害从心灵中删除,关闭怨恨复仇之门,让自己从自造的心狱中解放出来而获得自由。这一切并没有实写,都是模糊地隐含在林一新的"念想"之中,但透过叙述者的眼睛,我们全感受到了。

我根据作品的蕴含所作的揭示只能是一种主观性的解读,但这些内容确实是《昨日的枪声》所需要的,否则,它就很难抵达人道主义思想的福地。

二〇一〇年二月二十六日

中国故事西游记
——读方方《刀锋上的蚂蚁》

一

方方还是那个方方,那个曾经以《风景》、《祖父在父亲心中》、《行云流水》等小说享誉文坛而被封为新写实小说主将之一的方方,从二〇〇七年至二〇〇九年,仅以中篇小说《万箭穿心》(二〇〇七年)、《琴断口》(二〇〇九年)和长篇小说《水在时间之下》(二〇〇八年)三部小说就实现了对自己的超越,使其成为当今中国文坛最接近文学本体、最具有影响力的作家之一。这是些何等不凡之作呢?

《万箭穿心》:一个赎罪被怨恨和复仇断送,继而人性之恶被人性之善所超越的故事。丈夫马学武偷情,妻子李宝莉报警告发,致使丈夫带着怨恨跳江自尽。丈夫的死并没有带走怨恨,怨恨移植在公婆和儿子心中,他们联合起来，在漫长的岁月里向李宝莉复仇。丈夫死后，本性骄横泼辣、一贯我行我素的李宝莉一改霸道作风，真心诚意地赎罪。她默默地承受着极度艰难，用超常的生命付出挣钱赡养公婆、抚养儿子。然而，她用十三年的生命付出，不仅没有换取公婆和儿子的同情和理解，反而被儿子扫地出门。她心寒，但她没有任何抱怨；她放弃了用法律为自己讨回公道的权利，又带着求生的"扁担"和人道的宽容远离冤冤相报的复仇，第一次有尊严地为自己活着。万箭穿心的李宝莉因此而坚强，受伤的心灵因善和爱的抚慰而放射出人性的光辉。

《水在时间之下》：一个汉剧名伶的悲剧，即汉剧名伶"水上灯"被仇恨和复仇所纠缠，以及最终放弃仇恨为自己更为别人而活着的故事。水上灯，前半辈子活在苦难中，更活在仇恨和渴望复仇之中，据此，可以说她是一个复仇女神。她又疾恶如仇、深明大义、侠骨柔情、真情舍命，但是，一旦被仇恨所纠缠，她就失却了人生的目标，直到复仇的目的——达到后她才觉醒悔悟，"现在我的目的已经达到，可是我的心却痛得更加厉害"。痛定思痛，她找回人性的善根，让心平静下来，告别繁华喧闹，在庸常日子里活着。而她的活着，不是对生命的尊重，不是看透尘世一切之后的超然，而是对俗世厌倦之后的逃离，是为"救人"而活着——为同是汉剧名伶"林上花"、傻瓜哥哥水武活着。当活着的根据和活着的理由都消失后，她也就离开了人世。

《琴断口》：一个在当代爱情故事中蕴含着知音难觅与"他人即地狱"思想的现代叙事。一个雨雪之夜，白水桥突然坍塌，造成一死二伤，偏偏这三个人（杨小北、蒋汉、马元凯）不仅相识，而且均与米加珍有一种剪不断理还乱的关系。桥断了，人与人的情感也断了。桥断了，可以重建；情感断了，再难修复。情感难以修复，猜疑、误解、怨恨离间，任杨小北无论怎么解释都无济于事，不仅解释不清，反而愈发陷入无法辩说的困境。他承受不了从四面八方涌过来的无形的巨大精神压力，唯有逃离。米加珍套用外公的话说："我们以前距离太近，彼此是敌人，现在相距遥远，我想我们可能会是知音。"可能吗？不可能！这段审美哲学的阐释虽然为逃离开出了签证，却不能在现实中得出合理的答案。杨小北能够逃离到哪里、躲避到哪里去呢？只要他还活着，——他一再抱怨自己，我失败，是因为大家都不相信我；大家都不相信我，"是因为我还活着"。等待他的，还是"存在之域"。事出一端，文蕴两意，《琴断口》于无意之中诠释了萨特"他人即地狱"的存在主义之思想。反讽出现了，那个由俞伯牙和钟子期联袂演出的"知音相遇"的古代传说，其语义在这里受到了颠覆并被改写，以反题的形式隐喻着现代人的精神危机。

方方的这三部近作与她上世纪八九十年代创作的小说相比，所写的现实还是那个现实，所写的人物还是那些人物，可作品的思想、境界和气象则整个变了。《风景》、《祖父在父亲心中》、《行云流水》等小说在反思和批判中国当代现实的语境中，写极左僵化、令人窒息的现实对人的愚弄、迫压和异化，凡常人物生存的艰难、生活的无奈、人性的分裂。而这三部近作，方方不再采取与现实对抗的方式，像所有新写实小说家那样，把现实简化为一个巨大的承载负面价值的符号，她拨开现实表层，往现实和人性深处走，以迫近文学本体水平的叙事，在人与人、人与现实的关系中，表现人性、人道和人道主义的丰富性，及其之于精神建构的重要性，探问存在之意义。

二

铺陈至此，意在为解读方方的又一部近作《刀锋上的蚂蚁》提供一个合适的充分言说的文学语境。

《刀锋上的蚂蚁》与《万箭穿心》、《琴断口》、《水在时间之下》是一路之作。据方方说，这部小说源自于一个真实的故事：一个德国老人帮助一个中国画家的故事。二〇〇九年，在法国朋友索菲家，旅美歌唱家龚冬健对方方讲了这个故事。她觉得这个故事很有意思，便把它写成小说。

出现在小说中的这个画家叫鲁昌南。他毕业于美术学院，"文革"期间，他父亲因当过国民党士兵而自杀身亡，他也因此被赶到乡下。这时候的他,在村里与地主一样,属于被专政的对象,还坐过几年牢。"文革"结束,他回到家乡南昌。此时的他,四十出头,孑然一身。妹妹鲁昌玉匆匆为他物色了一个对象,他才有了一个家。他没有正式工作,便去中学代课,薪水少得无法养家,于是又临摹名画卖给画廊,挣点小钱对付生存。这样的状况,老婆极不满意,成天抱怨他是个废人,直至要与他离婚。他没离婚,但家又难以维持下去,便只身来到庐山住下,每天对着美丽的庐山默默地作画。

曾在庐山出生,三岁后随父母回到德国,如今退休的费舍尔,冥冥之中接受了从幼年那里发出的神秘召唤,带着妻子来到中国,重游他的福地庐山。

两个不相干的人就这样分别来到了庐山,但是,要使这两个不相干的人发生关系,至少需要给出一个理由,提供一个契机。理由早就给出了:鲁昌南擅长作画,费舍尔喜欢画。这次来庐山,费舍尔到地下室翻找父母留下的东西,"他印象中,家里的墙上很长时间都挂着一幅油画。画布上有一条满是石头的河流。母亲说,这条河叫长冲河。他们的房子,就在这条河对面的山上。画这幅画的是个中国人,很年轻"。他带着幼年美妙的记忆重游庐山,五六十年之后的庐山还能向他再现"画之梦"吗?奇迹竟然发生了:

走过一座小石桥,他沿着河边没边际地漫想着。河面慢慢宽了起来,石头也显得格外漂亮。突然一处拐角的景致令他十分熟悉,就像是他家油画上的风光。费舍尔的心竟是怦怦地跳动起来,他情不自禁地走了过去。更令他吃惊的画面出现了:河边的一块石头上,一个画家正在那里写生。这是他脑子里出现过无数次的画面,居然在他来庐山的第一天早上,得以亲见。费舍尔忍不住凑近画家。一看画布,不由倒吸一口冷气。就仿佛是他家墙上那幅画面的临摹。连河里那块巨石的棱角也都一模一样。费舍尔有些发呆,他不知道这是怎么回事,一种莫名的神秘感从他心里升起。回到旅馆,李亦简刚起来,见费舍尔一副魂不守舍的样子,有点奇怪,说你今天这副表情不太像德国人呀。费舍尔压低着声音说,东方的神秘出现了。

费舍尔在庐山见到的这位画家就是鲁昌南。鲁昌南的画感动了他,他一眼就看出这是一位非常有才华的画家。尤其是从鲁昌玉的述说中得知鲁昌南不幸的遭难后,他被"一种无形的神秘感所刺激",决定做一件事:帮鲁昌南去德国发展。这项计划有五个目标:一、安排鲁昌南到德国,让他有一个宽松的环境并接受西方最新的艺术思想。二、要让德国或者欧洲或者美国的画廊接受他的作品。三、要让欧洲甚至世界美术界知道鲁昌南并认可他的画作。四、要让喜欢美术的人以拥有鲁昌南的画为荣。五、要让鲁昌南的画在国际市场上有好价钱。费舍尔决定尽其所能来完成这个计划,以此彻底改变鲁昌南的命运,让他创造奇迹。

严谨务实的德国老人费舍尔把鲁昌南引到德国后,一步步地实施其计划。第一步:费舍尔先帮鲁昌南租下房子,再帮他熟悉慕尼黑,以适应德国生活;然后安排他漫游世界以开阔眼界,由埃及至希腊、罗马,再至法国、德国。第二步:费舍尔把鲁昌南从中国带来的画拍成照片,制成图册,还为这些画装上框,然后带着照片去联系一家家画廊,又趁去美国的机会为他联系纽约画廊,终于使鲁昌南的画在格林参展,继而又促成他与纽约一家著名画廊长期签约并移居美国。他在美国的发展很成功,几年后,他已是一位很有名、很富有、世人皆知的画家。让人不可思议的是,鲁昌南到美国后,就与恩人费舍尔断了联系,也与最关心、最支持他的妹妹鲁昌玉断了联系。其间他只回国一次,还是因为与患绝症的妻子办离婚手续,之后,他再也不管不问她的事。

读到这里,小说仿佛已见底,意义全出,写一个画家知恩不报、忘恩负义的故事。可事实并非如此。

三

实际上,这个西游的中国故事不简单。不简单是因为这个中国故事从出发之时就预设了方向，当它进入西游之途后，随着新视野、新观念、新思想的进入，其文本语义发生了根本性的变化。一个在中国文学中演绎了无数次的或知恩图报或知恩不报或忘恩负义或恩将仇报的故事被改写了，呈现出来的则是一个具有现代性意味的文本。

这究竟是一部怎样的小说呢？早在这个故事发生之时，谜底就被设定了，即德国老人费舍尔为何要下如此大的精力和本钱帮助素不相识的鲁昌南？也即费舍尔帮鲁昌南的目的是什么？他想从鲁昌南那里得到什么好处？是费舍尔同情鲁昌南的不幸遭难，由此想改变他的命运吗？是的，费舍尔同情怜悯鲁昌南并想改变他的命运，但他的意图又明显远不止于此。是费舍尔喜欢他的画，欣赏他的才华吗？没错，费舍尔之所以帮鲁昌南，确实有这些情感因素，除此之外，似乎还有其他更重要的原因。其实，不仅我们在疑问，小说中的人物们在疑问，就连鲁昌南本人也在疑问。首先是鲁昌南吃惊不小，他"太想不通这个德国人如此这般到底是为什么"。他心疑成结，始终不明白费舍尔为什么要这么做。而留学德国，经费舍尔外孙海因兹介绍，这次陪费舍尔到中国并担任导游兼翻译的李亦简更是大惑不解，他简直不明白这个德国人究竟想干什么。想来想去，他似乎为自己找到了一个有点靠谱的答案：费舍尔莫不是想做艺术投资？鲁昌南在南昌开画廊的同学甲臣甚至怀疑费舍尔另有图谋。

谜底终究要破解。原来，这个难解之谜，在费舍尔那里，却是一个非常单纯的想法：帮助鲁昌南改变命运，收获成功的快乐。"看到他的改变，我很快乐。而他即将成功，我更快乐。我的收获就是我的快乐。"同时他也实现了自己的一个心愿，"我退休了，但我仍然有能力干成一件事"。从这个意义上来说，帮鲁昌南，"我不是为他，我是为我自己"。至于鲁昌南去美国为何与他断了联系，成功成名之后为何知恩不报，他觉得那是另一回事，"重要的是我做了我想做的事"。

谜语见底，意蕴顿开。此意要两说，从中国文学叙事伦理的角度考量，这是一个纯粹的助人为乐的故事。而用西方现代观念审视，这是一个有关人的"自我实现"的故事，一个阐释了人的精神完善的现代命题。《刀锋上的蚂蚁》的文本意义毫无疑问是后者。

小说在可以结笔之处没有结笔，它遵循现实和思想演进的逻辑，突然从一个现代命题——人的自我实现，转入另一个现代命题——认识你自己。费舍尔帮助鲁昌南，从而改变了一个人的命运，他自己也从中获得了快乐，达到了"自我实现"的愿望。但是，让他没想到的是，他拯救了这个人，却又伤害了其他人。当他得知功成名就后的鲁昌南对贫病交加、孤身一人的前妻不闻不问，对有恩于他的妹妹一点不照顾时，他内疚自责，自我归罪，"你给了这个人幸运，却又给了另外的人不幸"。一个善的选择带来了一个不善甚至恶的后果，这是他事先没有想到的。在这里，现代伦理困境以伦理悖论的形式出现了：如果费舍尔帮这个人，就要伤害其他人；如果费舍尔想不伤害其他人，就不要帮这个人。

费舍尔的自责中自然包含着对鲁昌南抱怨的情绪，在这里，鲁昌南伤害了人类道德行为的一条基本准则，即亚当·斯密所说的"责任感"。亚当·斯密在《道德情操论》中说："人类生活的一条重要原则就是对一般行为准则的尊重，这种准则又称为责任感，这是指导人们行为的一项重要原则。"一个接受了别人恩惠的人，对恩人的感激不仅要体现在言语上，而且还要付诸实际行动，"这是受惠人对人类已然确立的责任准则的尊重，也是一种努力践行感恩原则的实际行动和热切愿望的体现"。比如，我们常常谈到一个人要知恩图报，"对恩人的感激被视为一种美好的情感，即使有时表达得有点过分，我们也不会觉得有什么不妥，而对于忘恩负义的人，我们总是特别鄙夷"。平心而论，鲁昌南也有自己的难处。他与妹妹断了联系，是因为他实在解决不了热心肠、好面子的妹妹为他揽下的许多事。他与妻子离婚也事出有因、情有可原，还在出国之前，妻子就闹着要与他离婚。离婚之后他不再关心前妻，是因为他现在又结婚了，而且这个妻子对他的看管极严。至于鲁昌南对费舍尔为何知恩不报，我觉得这是传统观念向现代观念转化过程中被"现代性"暂时遮蔽的阙如，不必过于计较。

至此，费舍尔终于明白了一件事，"就是不要以为你能改变别人的人生"。这个否定性的判断看似是一个能力问题，实际上是对后现代关于"人的不确定性"原则所作的存在性表述，此中蕴含着一个既古老又现代的命题："认识你自己"。这个镌刻在德尔菲的阿波罗神庙前石碑上的箴言，迄今仍然是一个未解的难题，一个"斯芬克斯之谜"。尼采甚至为人下了这样的判词："我们没有自知之明，我们是认识者，但并不认识我们自身。"我们不理解自己，"每个人都是最不懂自己的人"，因此，"我们对自身而言并不是'认识者'"。

问题来了，既然"认识你自己"是无解的难题，那么，人类就永远不可能认识自己了吗？人不可能认识人自己，人的行为、人的存在和人的价值都是不确定性的，无法判断的。随之而来的，是人的价值选择和人的存在意义也被消解了。但逻辑的推导与现实的践行毕竟是两码事，"认识你自己"不是以结语的形式呈现，而是在行进之中对人的心智和毅力作永恒的审视。人就是在行进的成长过程中逐渐认识自己、展开自己的，据此，可以说人始终处在自我认识、自我发展的过程中。"不要以为你能改变别人的人生"只能是费舍尔无奈之时的感叹，而"以为你能改变别人的人生"才是"认识你自己"的展开形式。费舍尔之感叹，否定的意味甚浓，我想，这可能是作者始料未及的。

顺带一笔。小说名为《刀锋上的蚂蚁》，此题当为小说意蕴之眼,而且小说中还特地借主人公鲁昌南之口对其作了一番哲理性的解释。当李亦简问成功后的鲁昌南的生活感受时,他们有这样一段对话:

> 李亦简说,大叔现在说话语气里很有幸福感哦。记得我以前问过大叔年轻时的生活感受是什么。大叔说是刀锋上的蚂蚁!这话真是把我震得不轻。现在呢?鲁昌南淡然地笑了笑,说现在是刀锋下的蚂蚁。李亦简大惊,这话怎么讲?鲁昌南说,就是头上有刀。李亦简说,这刀指什么?鲁昌南说,一切。以前小蚂蚁每一步,就会受伤,但却不需要提防什么。现在小蚂蚁每一步,都要有所提防。因为对手太多,恨你的人也太多,四处都有飞刀,稍一松懈,就会被腰斩。李亦简倒吸一口冷气,说大叔,你是不是太紧张了?人生没有这么吓人。

严格地说,这一意蕴在小说中并未生成。我的感觉是,它是被提出论及的,不是自身蕴涵的。存此,权且作为一己之见。

二〇一〇年八月二十日

从"半部好小说"到"一部好小说"
——读杜光辉《大车帮》

一

一九九〇年,《鸭绿江》第三期发表了陕西作家杜光辉的中篇小说《车帮》。据杜光辉说,《车帮》发表后,反响甚好,先是由《新华文摘》一九九〇年第六期转载,接着入选建国四十五周年《陕西名家中篇小说精选》,又引起众多影视制作机构的兴趣,但许多朋友劝他将其改写成长篇小说。经过反复思考和再度创作,十三年之后的二〇〇三年,杜光辉写成并出版了三十一万字的长篇小说《西部车帮》。

在此之前,我不知道杜光辉。陕西作家,我只关注陈忠实、贾平凹、路遥、高建群这几人,也就是说,作为小说家的杜光辉还没有进入我的阅读视野,更不用说研究了。我从茫茫书海中一眼看中了《西部车帮》,全是因为陈忠实。

大概是二〇〇三年七月的某一天,像往常一样,我漫不经心地逛书店。当逛到中国当代小说书架时,一行醒目的大字吸引了我:著名作家陈忠实强力推荐的长篇小说《西部车帮》。陈忠实是何等人物,他可是中国当代长篇小说之王啊!一部《白鹿原》,至今无人比肩。他"强力推荐"的小说,还能有错吗?出于对陈忠实的信任与尊重,我想都没想,立马买了一本。

然而,读过《西部车帮》后,我的感觉一言难尽,我只能说,这是一部让我连连击节称赞又频频扼腕叹息的小说,一部瑕瑜互见、优庸并存、好差尖锐对立的小说。我称赞它的前半部,而它的后半部则让我为之叹息。我的判断是:它的前半部优秀,很大程度上具备了许多好小说都有的特点;它的后半部平庸,沾染了上个世纪八十年代以来的一些差小说最容易犯的毛病。于是,我写了一篇名为《半部好小说》的批评文章,扎扎实实且有理有据地分析了《西部车帮》与中篇小说《车帮》的关系,《西部车帮》为何前半部优秀,是好小说,后半部平庸,是差小说?

《西部车帮》前半部优秀,是因为它仍然保持《车帮》原有的艺术构架和意蕴营构的方向,以马车帮的兴衰史和吴老大的传奇人生作为叙写的主要内容。除了对《车帮》原有的故事、情节和人物形象作了必要的丰富外,它还新创、扩写了一系列非常重要而又精彩的人物和情节,怎么看它都是一部涵化着民族传统文化精神又透出江湖传奇韵味的好小说。

后半部平庸,其主要原因有二。一是《西部车帮》是两种叙事、两种话语和两种思想走向的强行对接,违背了艺术本身的规律:"前半部是历史叙事,其历史叙事所持的民间立场和民间视角,大量涉及日常生活形态,以人伦世情为基调,叙写吴老大的善举、义气、仁义、正义、胆量、谋略、隐忍等性格及传奇人生。后半部是政治叙事,其间也有历史叙事的成分,但政治叙事大于历史叙事,其政治叙事持守的也是民间立场和民间视角,但民间立场和民间视角不是纳入日常生活形态,而是作为叙写、指认、反思和评价'革命时期'历次政治运动及人物的一种内在观点和态度;前半部以马车帮大脑兮吴老大为主角,后半部以侯三为主角;前半部写马车帮的兴衰史,并通过对吴老大传奇人生的描写,再现一种独特的文化形态的一段历史,张扬雄健的民族性格,揭示出西部文化的独特魅力。后半部写三家庄村在'革命时期'的荒诞现实与悲剧人生,它的内容已经与马车帮的历史没有任何关系"。二是后半部的大部分描写的艺术水准普遍下降,其叙事的功能仅仅在于一幕一幕地描写建国后的历次政治运动,情节跟着运动走,人物跟着情节走,正是这部小说艺术上最大的症结所在。

我的文章在《小说评论》编辑部压了一段时间,据说编辑将文章给杜光辉看了,他当时不能接受我的看法和批评。我能够理解杜光辉,好不容易写了一部反响较大,且又得到著名作家陈忠实"强力推荐"的小说,猛然遭到我这当头一棒,一时不能接受是自然的。三年之后的一天,杜光辉从北京给我电话表示感谢,说我的批评是对的,还说雷达、李星、李建军等评论家也认为我的批评意见是对的。他说,你没有想到吧,你的批评使我下决心重写这部小说,就按照你的意见,把前半部抽出来重写。之后几年我们常联系,还利用开会的机会在海南和北京见了两次面。这是一个爽直执著、真诚热情的西北汉子,每次通话或见面,他从头到尾说的都是如何重写这部小说。现在,这部改了十八稿的《大车帮》终于如期到达我手里。从《车帮》到《西部车帮》再到《大车帮》,三度创作两次重写,历时二十一年。我答应过杜光辉,如果这部小说达到了我心目中好小说的水平,我再写一篇文章,题目早就想好了,就叫《从"半部好小说"到"一部好小说"》。

二

《大车帮》是一部好小说,首先是作者遵循艺术规律,根据审美要求和写作意图,对《西部车帮》前半部的故事、情节、人物形象和地域性的民间文化特色作了极大的丰富。仍然以大脑兮吴老大的传奇人生为主线,叙写西安北乡三家庄马车帮由小到大、由弱到强的兴衰史。重写的《大车帮》,其内容、厚度和艺术品位整个都提升了,还有思想意蕴在不经意间伸向民间文化、民族性和人性深处而表现出来的精神质地,开出了壮美的境界。雷达先生慧见锐识,直指要义:"车帮脚户们的漂泊生涯,大漠古道上的马车帮兴衰,指向了一种被我们相对忽视的来自民间的江湖文化,而它恰恰从另一向度上表现了中国农民可歌可泣的历史命运。"当然,还有人性和人道主义涌动其中。

经过再度创作的《大车帮》成了一部完全用现实的材料建构的具有传奇性的小说:三家庄马车帮弱小难成大势,揽货、行路备受歧视和欺负。吴骡子贪恋黄羊镇马车店三姨太玉蓉的热炕,指挥马车帮过冰河判断失误,丢掉了大脑兮位子。他把希望寄托于志向远大的儿子吴老大身上,期待他有朝一日夺回大脑兮,他的最高理想,是期望儿子把三家庄马车帮壮大成西北五省最大的马车帮。新任大脑兮马车柱与吴骡子心系一处,把培养吴老大当作马车帮的大事。吴骡子带着八岁的吴老大随车帮上道历练,并请师兄刘顺义当文武师父。文武双修的吴老大长到十三岁时,租了张富财的车,成为西北五省年岁最小的车户。十八岁那年,三家庄马车帮上坡时与下坡的甘肃马车帮相遇,对方仗着人多势众不让道,吴老大彪悍而出,一面据理力争,一面以勇争胜,他刀穿胸肌,震慑了对方,使甘肃帮服输让道。因此举,吴老大当上了大脑兮。为了一口井,三家庄与刘家堡子结下世仇,代代血拼,吴老大和刘家堡子马车帮大脑夕刘冷娃"化干戈为玉帛",两村言好,两个车帮合并,三家庄马车帮势力大增。吴老大行走江湖,与沿途各路各类人物广交朋友,包括土匪和刀客,既为朋友两肋插刀、行侠仗义,又打抱不平、主持正义,到二十岁时,终于把马车帮壮大成西北五省最大的马车帮,他也因此成为声名远扬的车帮老大,江湖上人人敬重的仁义之士。日军逼近黄河,进犯陕西,吴老大带领马车帮开赴中条山,为部队运输弹药粮草,军民浴血奋战,最终击溃了日军的进攻。从战火中走出来的吴老大和他的马车帮继续行进在大漠古道,背负着国恨家仇,在人们敬重的注目中走向远方。

现实的故事扎根于西北厚重大地,同时又被传奇性和传奇色彩托起,较《车帮》和《西部车帮》,《大车帮》的现实描写更加厚实,而它的传奇性和传奇色彩不仅没有相应减弱,反而在江湖传奇描写方面继续渲染强化。传奇特色已经形成了"车帮三部曲"最具特色的艺术魅力,而且一部比一部突出。我依然坚持我在《半部好小说》中的看法,认为"车帮三部曲"的传奇性和传奇色彩的生成,主要表现在两个方面。一是自然环境和现实本身因奇特而显现出传奇性和传奇色彩。例如,马车帮长年累月、披星戴月奔波的千年古道上,充满着传奇性和传奇色彩:道上满是急流、陡壁、悬崖、冰坎、深渊、大漠、古泽、急弯、大坡、暴雨、狂风、冰雹、冬雪,还有兵痞、土匪、刀客、护院、飞贼、贪官、污吏、黑店、赌局、窑子、烟馆,轮番上演着绑票、抢劫、偷盗、凶杀、奸淫、欺诈、暗算。二是人物传奇性描写。在这种有着传奇色彩的大漠古道与高山大川之间,行进着一支一百多人的马车帮,他们唱着高亢辽远的古老歌谣,把塞外烈风、大漠夕阳、古树孤烟,一并化入西部汉子野性的豪气中,把民间伦理特别是江湖伦理注入他们的性格中,其所言所行自然而然地表现出"江湖世界"植根于现实又超越其上的传奇性。

具体到《大车帮》,重写不仅丰富了吴老大、吴骡子、马车柱、侯三、玉蓉、翠花(在《西部车帮》中叫"丑翠")等人物形象,还新创了马车皮货店大掌柜刘顺义、江湖好汉孟虎和刘七、刘家堡子马车帮大脑兮刘冷娃、眉县马车帮刘大脑兮,以及抗日英雄、国民革命军第三十八军军长孙蔚如等人物形象。

吴老大是轴心人物,小说中几乎所有事件的发生和人物的活动都与他密切相关,他实在是一个无处不在的灵魂性人物,一个"人物中的人物"。对于这样一个关系到整部小说成功与否的关键性人物,作者自然要一而再、再而三地精心塑造。

吴老大文武兼备,智勇双全,仁义合一,是一个集农民、车户、大脑兮、义士、民间英雄于一身的人物形象。他的传奇人生是从粗粝艰难的环境中一步一步闯过来的,其性格和思想境界的形成及其表现,大致经历了由"文武双修和隐忍性格的磨炼"到"智勇双全的表现"再到"仁义精神的播撒"三个发展过程。《西部车帮》中，吴老大是三岁上道，七岁接受父亲按照大脑兮标准的训练，十三岁吆车，十七岁当上大脑兮，二十岁把马车帮发展成西北五省最大的马车帮。《大车帮》将吴老大上道并接受大脑兮标准的训练的年龄后推，改为八岁，似乎更符合情理，而把他当上大脑兮的十七岁改为十八岁，则区别不大，其他依旧。他传奇人生的三个发展阶段，正好对应着三个相互递增的年龄段，第一阶段是八至十三岁，第二阶段是十三至十八岁，第三阶段是十八以后。《大车帮》基本保留了《西部车帮》关于吴老大智勇双全的描写，而对他的隐忍坚韧性格和仁义精神则作了浓墨重彩的加工，重写和增写了一系列非常重要而又精彩的内容。

其一，文武双修的描写。为了把吴老大栽培成西北五省最大马车帮的大脑兮，吴骡子趁给师傅冯庚庚拜年之际，求他为儿子找一个学识渊博，武功高深，"仁义礼智信这五行上有道德"的先生。冯庚庚是马车皮货店掌柜，练武名家，其武功、学问、生意、义气、德性，在西北五省很有名，他见吴老大是块好料，便让自己的大徒弟刘顺义给吴老大当先生。从八岁到十三岁，吴老大在刘顺义的调教下，文武双修，不仅练成了一身真功夫，读了许多书，明白了好多道理，还到处拜师学艺，学会了给牲口看相看病、治疗刀伤骨折，"西安北乡的车户，比他能耐的还真挑不出来几个"。

其二，忍让的描写。师傅刘顺义教给他的第一等能耐是"忍让"、"隐忍"。忍让既是性格修为，又是立世智慧，其原则是：行为上谦退、不争、贵柔、尚弱、居下，智慧上致虚守静，深谋远虑。此道行，典型的道家修为与处世原则。拜师习武之始，刘顺义就告诫吴老大："人常说，山外有山天外有天，你以后学了功夫，最要紧的是不能狂妄，不能恃强欺弱。练武人最要紧的是学会忍让，只要不伤害你性命，再欺负都要忍让，这是师傅教给你的头一条能耐。"老话说，身教重于言教，巧了，侯三见刘顺义矮小瘦弱，透着读书人的文气，便怀疑他是否有真功夫，想知道他到底有多大能耐，于是，他一路上想了很多招数诱使刘顺义露一手，可刘顺义就是不露。直到吴老大十七岁那年，他才见到刘顺义偶尔一露功夫。那年正月初五，吴老大到马车皮货店定做一根鞭子，几个闲痞来店里故意挑衅抢钱，谁也没有把瘦骨嶙峋、行动缓慢、面呈黄白之色，似有疾瘤在身，像个病老汉的冯庚庚放在眼里，他们一再挑衅，老掌柜一忍再忍，实在忍不下去时，也只是不显山不露水地教训了他们一顿，仅限于点到为止。哪知闲痞们不识相，又来寻事，刘顺义挡了师傅，只露一手功夫，就吓得闲痞们作揖求饶。另一处：吴老大九岁那年，媳妇秋菊被为富不仁的张富财奸污自尽，吴老大要去杀张富财为秋菊报仇，父母劝他要忍，这个仇不是不报，只是时机未到，"你要记住，要干成大事情，光有勇不行，还得有谋，有勇无谋只是莽夫一个，成不了大事"。

忍让二例，内含二义。前者指向武德和品行，用吴骡子的话来说，就是"功夫人讲究真人不露相，露相非真人"；后者指向智慧和谋略，说白了，就是"小不忍则乱大谋"。在往后的日子里，正是因为有了忍让的严格训练，吴老大才养成了遇事沉稳冷静，深谋远虑，宽容大度的性格，进而成就了他的事业和声名。

其三，仁善和义气的描写。古道行车，隐为江湖；吴老大不是侠客强于侠客，不是义士胜于义士。吴老大行走江湖，声名远扬，最终凭依的不是刚勇和武功，而是仁善和义气。我们已经在《车帮》和《西部车帮》里见识了吴老大的善举仁义，《大车帮》对其又有新创。一例"善举"：吴老大只身夜闯刘家堡子，化解了两村人的世代血仇。二例"主持正义"：大明宫马车帮的四个车户买骡子，被牙家和卖骡子的河南人联手坑了，吴老大拔刀相助，主持公道，既为苦主追回了钱，又整治了两个歹人。眉县马车帮孙大脑兮是个狠毒之人，借钱昧帐还纵火，吴老大设计帮钱庄范掌柜要回了钱。三例"义气"：义气是江湖世界的最高准则，道德化的"准法律"。行走江湖既要主持正义，更要讲义气。所谓主持正义，即"路见不平，拔刀相助"；所谓讲义气，即"为朋友两肋插刀"，仗义行善。第二十九章"风凌渡吴老大刀下救孟虎"，是《水浒传》及众多武侠小说的笔法，与第三十六章"吴老大刀下救土匪刘四"，同属义理一脉。眼见浑身是血的刀客孟虎要被中条山护院刘七刀劈，吴老大挡了刘七的刀，救下孟虎，转而与刘七搏杀时又有意让他，二人感激，遂与吴老大结为生死兄弟。四例"民族大义"：日军飞机轰炸西安，吴老大媳妇芹菜和玉蓉姨被炸死；西侵进犯的日军逼近陕西门户，大战在即。危难之际，民族大义高于一切，吴老大离家别子，带着马车帮上前线为作战部队运送弹药粮草，与日军恶战。因此，吴老大由民间英雄变成民族英雄。

西北高原褐黄凝重，温厚沉实，山川粗砺苍凉，民性雄浑冲荡，自古以来就是出英雄豪杰的地方。《大车帮》中，行走古道大漠的吴老大们刚勇侠义，就连天生丽质柔弱如水的女人，也有侠肝义胆的豪气，比如玉蓉和翠花。在《西部车帮》里，玉蓉是甘草店小镇上一家马车店的三姨太，一位貌美性温又风情万种的苦命女人。她是以车帮大脑爷的专利品、性伙伴、露水夫妻的性符号出现的，意在突出大脑爷权位的重要性。她多情，也想钟情，但生计的考虑是第一位的，"妹子为了日子，就顾不上情义啦！"到《大车帮》，玉蓉形象顺势而上，一变而成为一个多情多义、敢爱敢恨、敢作敢为的"女中豪杰"。新创情节主要有两处。一处：一车帮头牯得急症死在车店，牲口的主人想闹场索赔，车店赔不起。玉蓉叫丈夫、大婆娘、二婆娘带着家人和伙计全离开车店，然后锁上大门，独自与车帮摊牌讲理，讲不通就放火与车帮同归于尽。车帮大脑兮理亏认输。玉蓉念及他们不容易，退两成店钱给车户，令车帮一群汉子们十分感激。这件事发生之后，她决定不再接待任何车帮大脑兮，以后就在车店里给车户们唱戏。明里的理由是"我有娃了，我要让娃以后在人前挺着胸脯做人，就不能再弄那事情啦，我要对得起我娃跟他大！"其间隐着她对吴骡子的深情。车户们念她的好，她的仗义，由衷地称赞她是"女中豪杰"。二处：自从与吴骡子有了儿子后，她不再接待任何大脑兮，把身子只给吴骡子一人。二人两年未见，一夜柔情，一夜疯狂，第二天吴骡子出车"挂坡"，体力不济，连人带车翻到沟底身亡。玉蓉不顾魏家的反对，执意要为吴骡子披麻戴孝，并带着十八岁的儿子送吴骡子回家。她与丈夫魏掌柜临别时的相互包容、相互体贴、相互感激，让人心痛！

被三家庄车户们敬重的翠花——吴骡子的婆娘、吴老大的母亲，仗义、大气、贤惠，亦是"女中豪杰"。当玉蓉和儿子魏老二送吴骡子棺材回到三家庄时，她大仁大义，把玉蓉当作自己的亲姐妹，丈夫的另一个妻子，认魏老二为吴家的二儿子，并把一半家业划到魏老二的名下。

其他人物形象如吴骡子、马车柱、侯三、冯庚庚、刘顺义、孟虎、刘七、刘冷娃、张富财、孙蔚如等，都有精彩出色的表现。而越是具有"江湖气"的角色就越生动，如嫖赌成性的侯三、匪性痞气未脱的刘四、引而不发的江湖高人冯庚庚、草莽野性的孟虎和刘七，包括风骚多情侠义的玉蓉，其形象的艺术魅力更胜一筹。

三

因为我的一篇文章而重写，费时七年且改了十八稿的《大车帮》，居然对我形成了无形的压力。书到手后急于阅读又不敢读，我的心情异常复杂，我是多么希望它是一部出色的好小说啊！可我又非常担心，生怕它没有达到我期待的水平而枉费了杜光辉七年的心血。《西部车帮》前半部写出了吴老大的成长史，车帮的兴衰史，其间还有一条复仇主线与其并行。这条主线因张富财的存在而存在，在三家庄，张富财是"恶者"的代表，他仗着财大势大肆意纵色祸害车户们的婆娘女子，而车户们只能忍气吞声，含冤蒙羞。有仇必报，有冤必申，这是民间的铁律。怎么报仇雪恨？小说显示，一是车户们直接与张富财较量，但两次有限度的较量刚刚开始就失败了。吴老大及车户们明白，他们现在还斗不过张富财，于是有二，隐忍的谋略浮出现实的层面，成为三家庄车户们的斗争策略，表现为复仇能量的积累与复仇行动的伺机待发。小说前半部，复仇的能量一直在积累增长，但复仇时机尚未成熟，复仇行动终未启动。具有反讽意味的是，车户们的复仇愿望竟然被解放后成为三家庄的另一个"恶者"侯三实施了。后半部一开始的土地改革运动中，流氓无产者侯三凭着最贫穷自然就最革命的政治逻辑，当上了三家庄贫农主席。在他身上，个人复仇的冲动与权力欲望的邪念一拍即合，在批斗大会上强行施暴奸污张富财孙女张丝儿被吴老大和车户们阻止后，他恼怒之极刀劈了张富财。复仇的邪念玷污了复仇原初的正义性。

我担心《大车帮》没有侯三刀劈张富财替车户复仇的情节，在原有的框架内复仇这条线索该怎么推进展开，以什么样的结局终篇？我生怕作者囿于原有的思路、原有的观念，在传统复仇主题文学的俗套中冤冤相报、纵恶施恶而迷失人性方向，把小说拖入非人道的泥淖。

这方面有教训。复仇是文学的重要母题，据王立等学者统计，古代中国复仇故事文本，现存大约三千种以上，以至于影响到中国古代的礼教、法律、伦理道德、民族文化心理和人性质量。复仇是远古时代血族复仇遗传下来的伦理文化信息，"当人类文明进入对偶婚阶段之后，血族复仇直接转化为血亲复仇"。在几千年的文学演变中，血亲复仇一脉粗壮，成为复仇母题家族中的旺脉大族，与其沾亲带故又别生血脉的大族有"行侠复仇"、"痴心女子负心汉式的复仇"、"阶级复仇"、"民族复仇"等。在中国传统观念中，复仇是指善者对恶者、好人对坏人、正义者对非正义者的道德化的行为，具有正教化、敦人伦、美风俗、主正义的作用，复仇者只要不是过当复仇，一般都能获得民间伦理乃至官方权力的支持。但复仇往往越过正义疆域，扭曲伦理原则，使正义复仇的伦理逻辑发生异化质变，或者一味地以恶抗恶，复仇者在恶性循环中迷失人性方向以至自我毁灭，或者因作者心胸狭隘、盲目短视，充分肯定残忍过度以至趋于非正义、非人性的复仇之举。如《水浒传》的英雄好汉们在快意复仇时常常滥杀无辜，扩大复仇范围，加剧复仇的残忍性，实际上是把人性中愚昧、野蛮、残忍、暴力的原始本能唤醒，并且是以一种人们习以为常的方式注入英雄豪杰的品质中，其影响就极为深远了。我充分肯定《水浒传》、《三国演义》等作品的文学史意义，以及对民族文化心理影响的正面价值，但它们过度复仇的暴力倾向对后世产生了消极影响，也是不争的事实。

据此，不少学者认为中国传统的复仇主题文学缺乏人道主义。十九世纪末二十世纪初，人道主义作为现代观念传播到中国，与现代性的其他形式共同作用，促成了中国文学的现代转型。人道主义进入文学之中，必然要解构传统复仇母题的伦理逻辑，重新阐释人性内容。人道主义与复仇有着截然不同的伦理观念，复仇顾名思义就是因仇恨而报复，主张一方对另一方的绝对否定，常常以暴力对抗的形式实施。人道主义则从根本上取消了复仇天然的合法性，它更注重人性的发现、人性的觉醒和人性的升华，通过人对自身恶行恶德的否定（通常以悔悟、忏悔、赎罪的形式出现），消弭复仇的破坏性而通向以善爱为核心，以人为本，以自由、幸福和发展为目标的人性境界。我充分注意到了人道主义思想对新时期文学产生的重要变化，从八十年代的《红高粱家族》，九十年代的《白朗》、《五魁》、《美穴地》、《石门夜话》、《土匪》，新世纪的《昨日的枪声》、《大西南剿匪记》等以土匪为描写对象的作品中，我们看到了复仇在善与恶对话时的相互诉说和人性的真相。从《五月乡战》、《生命通道》、《小姨多鹤》、《南京！南京！》、《金陵十三钗》、《拉贝日记》等描写战争的作品中，看到了人类在自我毁灭之际的觉醒与拯救。从《施洗的河》、《水在时间之下》等描写血亲复仇的作品中，看到了灵魂的救赎和人性的复活。

正是在这个前提下，我来谈《大车帮》。《西部车帮》前半部关于张富财施恶与车户们复仇的描写，《大车帮》几乎原封不动地照搬，可读完重写的《大车帮》后，我的感觉是，作者的观念变了。他用现代观念，确切地说，就是用人性和人道主义的观念对复仇内容作了现代性的处理，对车户们与张富财、善与恶作了重新阐释。尽管复仇者的复仇誓言已经发出，复仇的能量与日俱增，但复仇的意识和复仇的行动却在悄悄地松动、淡化，以致最终被理解、宽容和悔悟、谢罪转了方向，转向人道主义方向。

此中，理解、宽容在先，悔悟、自我归罪并谢罪紧紧跟上。张富财的恶行恶德，一一数来，主要是仗势奸污车户们的婆娘女子，根子坏在贪色纵欲上，而肆无忌惮地频频糟害姑娘媳妇，使受害者蒙羞丧命的行为，则是恶之表现。车户们与他的深仇大恨，全部集中在这件事上。至于车户们为了出恶气不租他家的车，他叫当团长的兄弟搬兵在道上收拾车户们，是因为车户们首先损害了他的利益，其次是他在村子里的地位受到了挑战，所以他要镇压。还有，当张富财兄弟剿匪而被土匪打死后，侯三带着一帮被老骚驴糟害过婆娘女子的车户们去他家寻仇时，被他请来的兵给绑了，也是因为车户们要复仇，而他怎么也不能使其得逞。除此之外，他可历数的恶行差不多就没有了。与此同时，作品中一些在场或不在场的声音一再暗示，张富财为富不仁，却还没有坏到不可救药、人性完全泯灭的地步。他的善根潜存着，有待善的引导和规约。机会来了，当他得知吴老大同刘家堡子大脑兮刘冷娃平息了两个村子几十辈子的干戈血杀后，感激吴老大"立下了天大的功劳"，便派人把他兄弟孝敬他的茅台酒送给吴老大。当吴老大需要他兄弟派兵保护车户在外不受欺负时，他豪爽应诺。他的悔悟认错归罪是从这里开始的：他强奸侯三的二女子，致使其怀孕，吴老大摆开场子与他论理，将心比心，他连连认错，"我过去对不起乡党，你让乡党们放我一马，我以后再也不敢糟蹋乡党的家人啦"。吴老大给儿子过百日，他送来重礼，触景生情，他悔恨觉醒，"我这辈子就吃亏在不知道咋着活人，这阵明白过来也晚了"。一旦明白了如何活人，就会如何做人。当吴老大率领马车帮出征中条山前线抗击日军进犯时,他摆酒为其壮行,感激吴老大"给咱三家庄壮了脸,给咱陕西乡党争了光",真心诚意地表示:"乡党上了战场,万一有了三长两短,阵亡的我给他家两亩水地,受伤的我月月给一块银元。再让风水先生挑一块好阴宅,葬埋阵亡的乡党。"

而吴老大和车户们之所以能够宽容他,也是因为他还有这些善根义德,他与车户们的矛盾,"是自家兄弟闹架"。除此之外,吴老大对张富财还存有一份感谢,"这些年三家庄马车帮越折腾越兴旺,与团长的庇护有很大关系"。

新创作的第五十至五十九章,描写陕西军民抗击日军的进犯,其中有两个情节深化了小说的人道主义思想。一是被孙蔚如军长请来担任三十八军特务营武术总教官的刘顺义,面对敌人的进攻即将射击时,发现对方是个只有十五六岁的娃娃兵,顿生怜悯之心,便开枪伤及他扣扳机的右手指和小腿,并未夺去其性命。战斗间隙,卫生兵进行战场救护时,刘顺义要求卫生兵给这个日本娃娃兵包扎伤口。二是特务营俘虏了日本军官和日军妓女,侯三要几个车户当着日本军官的面强奸这个日本女人,"你们糟蹋我们中国妇女,我们也糟蹋你们日本女人,这叫冤冤相报"。国军司马副官赶来后立即制止了这种既犯了军法,又非人道的野蛮行为,"日本鬼子是畜生,咱们也是畜生?""这个日本女人才二十出头,或许刚从学校毕业,或许已经许了人家,或许才拜过天地,或许还在家孝敬父母、抚养弟妹,却被日本鬼子抓来，远离父母远离家乡，受日本鬼子的欺凌，我们再去蹂躏她，于心何忍"。在这里，战争的残忍被人性的崇高所感化，洋溢着人道主义气息。

至此，人性和人道主义终于突破并超越了传统复仇母题定义的伦理逻辑，为《大车帮》开拓出了新境。重写的《大车帮》，既是内容的重写，更是思想的新创。我甚至认为，后者比前者更重要，若仅限于前者，《大车帮》充其量是《西部车帮》的扩容，而有了人道主义思想的融入，整个作品的思想境界就腾升起来了。

二〇一二年六月十一日

从小说结束的地方开始
——读余华小说序跋

一位喜欢余华小说的朋友对我说,余华小说序跋漂亮,你研究余华,为何不以此写篇文章?一句话提醒了我,顿觉此意甚好。

我读小说,习惯先读序言和后记。一本没有序言或后记的小说,就好像一幅国画缺少了题跋和印章。余华是一位追求完美的作家,小说只要成书,必有序言和后记(跋)。他偏爱自序,故而序跋中"序"多"跋"少,有序者,少则一篇,多则三五篇,《在细雨中呼喊》自序三篇,《活着》自序四篇,《许三观卖血记》则多达五篇;只有一个"跋"和两个"后记","跋"给了中短篇小说集《河边的错误》(一九九二年版),"后记"给了《许三观卖血记》和《兄弟》。

余华小说序跋是随笔的写法,文思灵动,简约之中有着思辨的韵致。余华写小说有天赋,写随笔似乎更胜一筹。在中国当代小说家中,其随笔之美、数量之多,无人出其右。他对随笔迷恋的程度,也非他人可及。他就敢于在小说创作的高峰之际突然停下来,一步拐到随笔世界,一呆就是四五年,大约从一九九五至一九九九年,共写了四十多篇谈文学和音乐的随笔。这些随笔陆续发表出版后,让文学界、学术界的作家、评论家和教授们一致称好。余华也说他这几年写得最顺手、"越写越上瘾"又最让他满意的作品就是这些随笔。一位专攻小说的作家不好好写小说,竟然在文情和思力极盛的三十多岁弃"主业"而投"副业",试问偌大文坛,谁敢如此奢侈?唯有余华!从这个意义上说,余华是一个性情中人,一个随性而为的作家。尽管这些随笔获得了美文的赞誉,尽管余华在写作中阅读了大量西方文学经典,他曾说自己成为先锋小说家后,一一拜访了外国文学中的许多大师,"我的导师差不多可以组成一支军队",但我总是要为余华的这一轻率的选择深感遗憾。对于余华这种不是靠学识、积累和耐力,而是凭依灵悟、天赋和才气写作的作家,"一俟元气下降,再难重起"。创作的高峰状态,可遇不可求,·旦从高峰状态上滑落下来,从一种语境和状态进入另一种语境和状态,并且沉迷到这种新的语境和状态,就再难找回原先的高峰状态了。余华之后的长篇小说写作的不顺利,与此有很大关系。好不容易问世的两部长篇小说《兄弟》、《第七天》,尽管余华一再声称它们是让自己最满意的小说,但我给出的判断却是:到目前为止,写出了不可一世的先锋小说和经典之作

《活着》、《许三观卖血记》的余华已经成为历史，直面现实"正面强攻"的余华显然难成大气象。话再说就长了，言归正传。

一

余华善待序跋，用心为文，单纯简洁的表述里涵化着理性的思辨、分析、判断和见解，故而使其有着河流般的清晰优美和长驱直入的力量。余华小说序跋的第一要义，是对作品作原意阐释/本意阐释。

在余华小说序跋中，最具代表性的序言，是对《活着》之要义所作的经典性表述：

> 长期以来，我的作品都是源于和现实的那一层紧张关系……
>
> 前面已经说过，我和现实关系紧张，说得严重一点，我一直是以敌对的态度看待现实。随着时间的推移，我内心的愤怒渐渐平息，我开始意识到一位真正的作家所寻找的是真理，是一种排斥道德判断的真理。作家的使命不是发泄，不是控诉或者揭露，他应该向人们展示高尚。这里所说的高尚不是那种单纯的美好，而是对一切事物理解之后的超然，对善和恶一视同仁，用同情的目光看待世界。

正是在这样的心态下,我听到了一首美国民歌《老黑奴》,歌中那位老黑奴经历了一生的苦难,家人都先他而去,而他依然友好地对待这个世界,没有一句抱怨的话。这首歌深深地打动了我,我决定写下一篇这样的小说,就是这篇《活着》,写人对苦难的承受能力,对世界乐观的态度。写作过程让我明白,人是为活着本身而活着的,而不是为活着之外的任何事物所活着。我感到自己写下了高尚的作品。(《活着·中文版自序》)

这几段文字可视为《活着》的原意阐释的标准文本,它至少包含着三层意思。其一,在这之前的先锋小说创作阶段,余华"以敌对的态度看待世界",其小说充满着暴力、血腥、宿命和死亡,大约从《活着》开始,余华"用同情的目光看待世界",其小说创作由先锋叙事、宿命叙事演进到世俗叙事、温情叙事。其二,福贵的生命意识里潜存着人类共有的情感,"老黑奴和福贵,这是两个截然不同的人。他们生活在不同的国家,经历着不同的时代,属于不同的民族和不同的文化,有着不同的肤色和不同的嗜好,然而有时候他们就像是同一个人。这是因为所有的不同都无法抵挡一个基本的共同之处,人的共同之处"(《活着·英文版自序》)。人的共同之处会取消所有不同的界限,"会让一个人从他人的经历里感受到自己的命运,就像是在不同的镜子里看到的都是自己的形象"。据余华说，关于《活着》，他最早是想写一个人和他生命的关系，但一直不知道这篇小说该怎么写。起初，脑子里只有福贵这个形象：一个老人，在中午的阳光下犁田，脸上布满了皱纹，皱纹里嵌满了泥土。神启灵悟，当余华听到美国民歌《老黑奴》时，我相信，那一刻，一准是这首歌打通了福贵与老黑奴的生命通道，孕育已久的富贵形象终于破茧而出，一个全新的形象就这样在瞬间的创造中诞生了。《活着》着力表现的，正是福贵默默地承受生命之重而无怨无悔地"活着"，于苦难的极限处和死亡的边缘止步，超然地面对世界而表现出善待生命、尊重生命的精神。倘若没有余华这些精彩到位的原意阐释，真不知读者会产生多少误读。即便这样，还是有不少人对福贵的"活着"作出了否定性的批评：福贵没有苦难意识和反抗精神，只知消极受难，无奈地屈从于命运而被动地"苟活"、"赖活"，是一个软弱、愚昧、落后的可怜人，一个被生命压平的人，失去了存在价值的人。我后来研究余华，正是从不同意这种基于启蒙预设的否定性批评开始的。其三，余华的原意阐释的思想要义最终凝结到一句话上，那就是"活着就在活着本身"。在余华看来，活着是生命本身的要求，人的理想、抱负、财富、地位等，与生命本身没有关系，人的生命唯一的要求就是"活着"。活着就是承受苦难并且与苦难共生共存，作为一个词语，"活着"在我们的中国语言里充满了力量，"它的力量不是来自于喊叫,也不是来自于进攻,而是忍受,去忍受生命赋予我们的责任,去忍受现实给予我们的幸福和苦难、无聊和平庸"。与此同时,《活着》还讲述了"一个人和他的命运之间的友情"、"人如何去承受巨大的苦难"、"眼泪的宽广和丰富"、"绝望的不存在"、"我们中国人这几十年是如何熬过来的"(《韩文版自序》)。所有这些解释均是对"活着就在活着本身"这句似乎带有存在主义哲学意味的经典性表述的注释,是从生命伦理人道主义的新视角对中国底层百姓"活着"意义作出的现代陈述。

《活着》四篇自序"申义"、"释义"直取要义,《兄弟》后记亦然。《兄弟》分上下部,写两个时代与两个人的命运:

> 这是两个时代相遇以后出生的小说,前一个是文革中的故事,那是一个精神狂热、本能压抑和命运惨烈的时代,相当于欧洲的中世纪;后一个是现在的故事,那是一个伦理颠覆、浮躁纵欲和众生万象的时代,更甚于今天的欧洲。一个西方人活四百年才能经历这样两个天壤之别的时代,一个中国人只需四十年就经历了。四百年间的动荡万变浓缩在了四十年之中,这是弥足珍贵的经历。连接这两个时代的纽带就是这兄弟两人,他们的生活在裂变中裂变,他们的悲喜在爆发中爆发,他们的命运和这两个时代一样地天翻地覆,

最终他们必须恩怨交集地自食其果。

上部从正面写禁欲和反人性的"文化大革命",下部从负面写浮躁纵欲和人性泛滥的改革开放年代,两个时代的荒诞现实造成了兄弟两人及其父母的悲剧命运。

二

序跋作者是作品的写作者,当是真正的知情人,他对作品的解读释义,可以帮助读者尽可能地还原作品的历史语境,以便作出准确的价值判断。当余华一时难以给出确定性的创作本意和作品原意时,则通常采取抽象化、诗化的表述。

《许三观卖血记》自序五篇、跋一篇:这本书是一首很长的民歌,它的节奏是回忆的速度,旋律温和地跳跃着,休止符被韵脚隐藏了起来。作者虚构的只是两个人的历史,而试图唤起的是更多人的记忆(《中文版自序》);现实生活中一个血头辉煌的历史,印在余华的记忆里,直到有一天开始写作一个卖血故事的小说时,虚构的许三观才从跟随那位血头的近千人的卖血队伍中走出来,自创了另外一个卖血的故事(《德文版自序》);这是一首关于平等的书,也是一首关于平等的诗(《韩文版自序》)。细究《许三观卖血记》的五篇自序,阐释常常是抽象的、不确定的表述,他说得最多最清楚的，是关于"许三观卖血记"这个故事的来源，至于这个故事蕴含着什么要义，传达出什么样的思想情感，余华对此存而不论。余华对这部小说作出了确定性解释，是在一次访谈中给出的。当《书评周刊》记者王玮问他《活着》与《许三观卖血记》哪部更好时，他说福贵和许三观是我的两个朋友，福贵是属于承受的太多苦难之后，与苦难已经不可分离了，所以他不需要有其他的诸如反抗之类的想法，他仅仅是为了"活着"而"活着"。他是我见到的这个世界上对生命最尊重的人，他拥有了比别人多很多死去的理由，然而他活着。许三观是一个时时想出来与他的命运作对的人，却总是以失败告终，但他却从来不知道失败，这又是他的优秀之处。至于他们两人谁更优秀或者说他们的故事谁更精彩，我不知道。其实，《许三观卖血记》的意蕴要义并不难把握，简言之，许三观不断地与苦难和命运抗争，虽然屡次失败，却在失败中体现出生命的力量。我的理解是："《许三观卖血记》最大的贡献，是起于苦难叙事，用'卖血'来丈量苦难的长度、强度，以此考量许三观承受苦难、抗争苦难的力度，终于伦理人道主义。"

中短篇小说选集（六集）自序：《鲜血梅花》收录的五篇小说"是我文学经历中异想天开的旅程，或者说我的叙述在想象的催眠里前行，奇花和异草历历在目，霞光和云彩转瞬即逝"，仿佛梦游一样，"所见所闻飘忽不定，人物命运也是来去无踪";《世事如烟》所收的八篇小说"是潮湿和阴沉的,也是宿命和难以捉摸的";《现实一种》里的三篇作品"记录了我曾经有过的疯狂,暴力和血腥在字里行间如波涛般涌动着,这是从恶梦出发抵达梦魇的叙述";《我胆小如鼠》里的三篇小说,"讲述的都是少年内心的成长,那是恐惧、不安和想入非非的历史";《战栗》也是三篇小说,更多表达了对命运的关心;《黄昏里的男孩》收录了十二篇作品,是六集中"与现实最为接近"的一集,"也可能是最令人亲切的,不过它也是最令人不安的"。六集共选余华一九八六至一九九八年创作的中短篇小说三十四篇,前五集是典型的先锋小说,它们通过"虚伪的形式",铺展及渲染了荒诞现实、暴力本能、人性之恶和神秘宿命对人的掌控。最后一集里的十二篇小说,其中十篇沿着《一个地主的死》和《活着》开拓的传统而现代的民间叙事之路作纯粹的世俗叙事,只有《黄昏里的男孩》和《我没有自己的名字》两篇是被世俗叙事改写的先锋文本。先锋小说难解,余华对此或抽象或诗化或半透明的阐释,对于读者究竟有多大帮助,自有知音者心领神会。

《在细雨中呼喊》自序三篇:这是一本关于记忆的书,"它的结构来自于对时间的感受,确切地说是对已知时间的感受,也就是记忆中的时间"。这本书试图表达人们在面对过去时,比面对未来更有信心,"因为未来充满了冒险,充满了不可战胜的神秘,只有当这些结束以后,惊奇和恐惧也就转化成了幽默和甜蜜"(《意大利文版自序》);记忆极为珍贵,这部小说"虽然不是一部自传,里面却是云集了我童年和少年时期的感受和理解,当然这样的感受和理解是以记忆的方式得到了重温"(《韩文版自序》);自序通常是一次约会,是作者与曾经出现过的叙述的约会,或者说与自己的过去约会,也是作者与书中人物的约会。约会通过记忆实施,就这样,"我"和一个家庭再次相遇,"我回忆他们,就像回忆自己生活中的朋友,随着时间的流逝,他们容颜并没有消退,反而在日积月累里更加清晰,同时也更加真实可信"(《中文版自序》)。余华以回忆方式接通自己童年和少年的记忆,叙写了包括他自己在内的一代少年在那个充满荒诞、恐惧、痛苦和悲伤的年代里成长的心灵史。

如此这般自序,是文学特性和余华创作个性的使然。余华灵悟,他具有一种能够在不经意间把存在的事物、生活的体验、理性的思考融入感觉之中的才能。他的多数小说写作之初,往往只有一个形象,或者是一个意象、一种朦胧的记忆,甚至是一种氛围,至于这部小说写什么,蕴含着什么或传达出什么样的思想情感,则模糊混沌。这是因为,"我对那些故事没有统治权,即便是我自己写下的故事,一旦写完,它就不再属于我,我只是被它们选中来完成这样的工作"。故事本身有自主性,故事完成后,作者变成了读者。还因为作品中虚构的人物有自己的声音、自己的性格,于是,"作者不再是一位叙述上的侵略者,而是一位聆听者,一位耐心、仔细、善解人意和感同身受的聆听者。他努力这样去做，在叙述的时候，他试图取消自己的身份，他觉得自己应该是一位读者。事实也是如此，当这本书完成之后，他发现自己知道的并不比别人多"。在这种情况下，他的原意阐释只能转化为抽象化或半透明状的表述。

三

序跋专意作品的原意阐释，对于擅长在随笔、访谈里阐释作品并借势生发文学观念的余华来说，序跋也是他展现这种才能的机会。顺示四例。一例：常识告诉我们，作品及其人物的创造者是作者。余华说不对，故事自我叙述，人物自我创造，作者只是记录者。二例：常识又告诉我们，稳定性的写作会积累起经验，创作才能持久。余华针对自己的写作体验提出异议，认为一个严格遵循自己理论写作而一成不变的作家只会快速地奔向坟墓，而一个优秀作家的写作则表现为不确定性；不确定性才有变化、创造和发展，作家源源不断的生命力在于经常朝三暮四。三例：常识说，文学是现实生活的反映。余华则说，一位真正的作家永远只为内心写作，并坦言自己始终是为内心的需要而写作的作家。内心写作最根本，是因为它最符合文学的特性。只有内心最真实，"内心让他真实了解自己，一旦了解了自己也就了解了世界"。这种论说智慧甚至包括语气与钱谷融先生于一九五七年在其名作《论"文学是人学"》中的论述有着异曲同工之妙。四例：常识又说，文学来源于生活又高于生活。这条文学原理出自现实主义"典型论"的贡献，流行多年而成为中国当代文学的主流观念，至今仍有影响。经过上世纪八九十年代新的文学观念洗礼的作家和读者发现，文学永远比现实逊色。为内心写作的余华对此作出了分辨，他说作家拥有两个现实，一个是生活的现实，一个是文学的现实。比如回忆，回忆返身回望过去的生活，但过去的生活无法还原，它只是偶然提醒我们，过去曾经拥有过什么。写作唤醒了我内心无数的欲望，这样的欲望在过去生活里曾经有过或者根本没有，曾经实现过或者根本无法实现，是写作使它们聚集到一起，在虚构的文学里成为合法的现实。于是，写作使作家拥有了两个现实，它们的关系就像是健康和疾病，当一个强大时，另一个必然会衰落下去。当我现实的人生越来越贫乏时，我虚构的人生则越来越丰富。这种颠覆性的事实让余华惊诧："当我虚构的人物越来越真实时，我忍不住会去怀疑自己真正的现实是否正在被虚构。"

若问余华对其作有无轻率之论和错判之处，答曰：有。《许三观卖血记·韩文版自序》里称"这是一本关于平等的书"的论断，便是一例，大家不妨自我解读。

二〇一三年八月三十日

关于《余华论》的通信

×××先生:

您好!

刚忙完本科生和研究生毕业论文的指导、审阅与答辩,过几天还要忙二年级研究生毕业论文开题报告的审阅与答辩,心总是静不下来。近一个多月,虽然很忙,但我一直在思考您两封信的意见。说实话,我尽管不同意您的一些看法,但我对您是非常敬重的。一是因为您的看法全出自于您内心的真诚,二是因为您敬重文学。在思考中,我也在反思自己对于余华的看法。您知道,一个人对于某一事物的看法一旦形成,是很难在短时期内彻底改变的,因此,我对您的意见的回答,难免有固执甚至偏颇的成分在内,请您见谅!

您在第一封信中说:"余华是当代文坛上的一个大有争议的人物,加以全面肯定,为时尚早。说他已经创造了二部经典著作《活着》和《许三观卖血记》,贡献莫大,显然是片面之说了。"您的意见对我是一个提醒,确实,现在就对一个还在发展中的作家,尤其是对一个大有争议的作家作全面肯定或全面否定,无疑都是轻率的。就我所知,文学界和学术界对余华小说作全面肯定和全面否定的,大有人在,概而观之,毁者与誉者,大概各半。对那些口气远大于学识,情绪远大于思想,好感情用事者的文章,我向来不以为然。但大多数研究者都是针对具体作品说话的,我特别敬重那些有学识、有思想、扎实为文、真诚评说的批评家,只有他们发出的声音才是"真知灼见"的。他们的意见、看法往往不一致,有时甚至尖锐对立,但这并不妨碍他们从各自的思想路径进入余华小说,对其进行解读评价。也只有这样的研究,才能在不断的"反驳"与"证伪"中逐渐抵达真理。

我说《活着》和《许三观卖血记》是当代文学经典,可能是说早了些,为此而受到轻率、浅薄、无知的指责,责任在我,怨不得别人。我知道,我的这一判断,分明对许多人的文学观念和文学接受习惯构成了挑战,哪有"淡淡的哀愁和感伤式的温情"的小说,问世不久就被冠以"经典"的呢?但我的判断并非空穴来风,首先是这两部小说受到国内外的广泛认可,而且这种认可是在经典的意义上做出的,其标志有三:一、《活着》一九九八年荣获意大利最高文学奖——格林扎纳·卡佛文学奖;一九九四年入选台湾《中国时报》评选的十部好书;一九九四年入选香港《博益》评选的十五部好书;入选香港《亚洲周刊》评选的"二十世纪中文小说百年百强";入选中国百位批评家和文学编辑评选的"二十世纪九十年代最有影响的十部作品";由张艺谋导演改编的同名电影《活着》,获一九九四年法国戛纳电影节"评审团大奖"和"最佳男演员奖";昨晚,在第十三届上海电视节"白玉兰奖颁奖暨电视节闭幕式"上,根据《活着》改编的电视剧《福贵》荣获"电视剧评委会大奖"。《许三观卖血记》二○○四年入选美国巴诺书店评选的"新发现杰出作家";二○○○年入选韩国《中央日报》评选的"一百部必读书";入选中国百位批评家和文学编辑评选的"二十世纪九十年代最有影响的十部作品"。二、《活着》和《许三观卖血记》先后在美国、德国、法国、意大利、荷兰、日本、俄罗斯、香港、台湾等国家和地区出版。三、余华进入了几乎所有版本的中国当代文学史,并且是作为重要作家来评价的;《活着》和《许三观卖血记》被许多大学教材、包括全国性的大学教材选入。

二是来自于我对文学经典的一种常态的理解。我在一篇还未发表的文章中说:确认经典文学的标准肯定不是一个衡定不变的刻度,经典之作的经典性、原创性、审美性,根据其强度、浓度的不同,从高到低,从大到小,构成了长长的序列。处在最显眼位置的,无疑是以莎士比亚戏剧、《巴黎圣母院》、《悲惨世界》、《复活》、《罪与罚》、《百年孤独》、《红楼梦》等"伟大之作"为代表,而已经成为文学经典的作品，其数量之多，几乎布满了整个文学史。一般说来，经典之作需要经过几十年，甚至上百年的淘洗沉淀，才能得到最终认定，但有些作品，却能够在不太长的时间内就显现出经典性，如中国现代文学中的《阿Q正传》、《孔乙己》、《野草》、《雨巷》、《再别康桥》、《边城》等作品，中国当代文学中的《茶馆》、《受戒》、《白鹿原》、《活着》、《许三观卖血记》、《长恨歌》、《尘埃落定》等作品。二十世纪中国文学，再经过一段时间的淘洗沉淀之后，还会有更多作品进入经典之列。

经典不是完美无缺，经典是以它的独创性，为它所处时代的文学贡献了一个具有很高的原创性和审美性的文本，其中蕴含的内容正如留美中国作家哈金给伟大的中国小说下的一个定义："一个描述了中国人经验的长篇小说，其中对人物和生活的描述如此深刻、丰富、真确，并富有同情心，使得每一个有感情、有文化的中国人都能在故事中找到认同感。"（哈金的这个定义，是对J. W. Deforest于一八六八年给伟大的美国小说下的一个定义的借用，这个定义至今沿用："一个描述美国生活的长篇小说，它的描绘如此广阔、真实，并富有同情心，使得每一个有感情、有文化的美国人都不得不承认它似乎再现了自己所知道的某些东西。"）

《活着》和《许三观卖血记》显然不是"伟大之作"，不是经典文学的顶级之作，因为它们在内容、思想、情感和艺术的深刻性、丰富性等方面，都还没有达到伟大之作的水平，但它们在各个方面却有着一般性的经典之作的质地和品格。这一判断，权且作为我的一个偏见吧，不必与固执的我较真。

您接着说："《活着》则是活命哲学的宣扬，是叛徒汉奸类的精神依傍。怎么就可因为得到什么'意大利奖'便成为'文学经典'了呢？莫非外国人说了就算数了？为什么连评为诺贝尔文学奖的高行健也叫不响呢？'崇洋媚外'这四个字，还值得教授与评论家们给予一定的惊讶呀！"

×××先生，您这里把话说重了，说过了，说"《活着》是活命哲学的宣扬"，是一种学术观点，大家可以见仁见智，在学术的层面展开讨论。说《活着》"是叛徒汉奸类的精神依傍"，就是上纲上线的政治"误判"了。《活着》怎么会是这样的作品呢？我不知道您怎么会得出这样的结论？您不喜欢《活着》不要紧，但不能"恨"。如此一来，我们对于余华及其《活着》和《许三观卖血记》的看法，实在是相差太远，其中很难找到对话的共同点。您知道，在当代中国，政治判断一出，就等于叫别人都闭口。在政治面前，我们是渺小而脆弱的，不堪一击。

至于《活着》是不是"活命哲学"的宣扬，我想在此谈谈我的看法。说《活着》宣扬"活命哲学"，福贵的"活着"是隐忍屈辱、苟且偷生，不是您一人的看法，持这种看法的人，大概既不少也不多。据此，您说了一句中肯的话:《活着》和《许三观卖血记》"作为灵魂的呼吁,层次仍然不高"。也有人得出这样的结论:《活着》和《许三观卖血记》没有像《悲惨世界》、《复活》、《罪与罚》等伟大之作那样,给人深深的灵魂震撼,没有产生崇高精神以引人积极向上。因此,它们是精神境界不高的差的作品。

这种判断的前提从根本上就是错误的,这是因为它误将价值尺度、价值层次当作价值本质。依此标准,只有达到了对灵魂深深的震撼,具有崇高精神以引人积极向上的作品才是好作品,而在这个尺度、层次之下的作品都是差作品。问题来了,若依此作为判断好作品与差作品的标准,那么,中国文学中,第一个被否定的作品一定是《红楼梦》,第二个被否定的对象就该轮到鲁迅了,再下来就是其他绝大多数作家作品了,余华小说自然也就难逃劫数了。而以西方文学、俄罗斯文学为代表的世界文学,不在否定之列的,恐怕也不多。我想,这些批评家在作出这种用意很好的判断时,忘记了反题的存在,没有意识到正是因为这个反题的存在,他们的看法及其判断无形中被自己否定了。

要求作家心系伟大之作,不仅没有错,而且十分正确。事实是,不是所有的文学作品都能够登上伟大之作之巅峰的;文学世界是由多种层次(层级)的作品构成的。我认为,各个层次(层级)的文学作品,只要它们传达了或表现了人类之爱、人性之善、精神之诚和艺术之美,都具有存在的正当性和合法性。一个社会要有多种多样的文学，才能百花齐放，才能满足数十亿读者的需要。我们既需要贯通了人类共有的经验，以极大的热情拥抱爱和善，体现了深刻丰富的历史、现实和人性内容的伟大之作，也需要以重大的历史事件或当代现实为叙写对象，结构宏大、内容深厚的史诗性的经典之作；既需要弘扬正气，表现了时代精神的优秀之作，也需要抵达民间世俗的通俗之作；而以游戏娱乐为目的、通达千家万户的时尚文学、流行文学、快餐文学，已经成为人们日常生活中不可缺少的组成部分，自有存在的必要性与合法性。而且，多种层次（层级）的文学共存融合，既可以形成百花齐放的盛景，又能够在彼此竞争中互补互为。

说《活着》是"活命哲学"的宣扬，这一看法我也不能同意。在您和一些评论家的判断中，"活命哲学"是一个带有耻辱性的概念，相当于隐忍屈辱、苟且偷生。人要活得有意义、有价值，在面对苦难、不幸、压迫、侮辱、不公，尤其是在民族危亡、国难当头之际，要积极抗争，在生存中实现生命的超越。在需要抗争，而且也能够抗争的情况下，人若放弃了抗争而苟活，就意味着放弃了做人的意义。如果一个人身处苦难与命运之绝境而无可反抗，或者说他的反抗无意义、无价值时，若强求他反抗，恰恰是不人道的。从人性和人道主义的观点来看，此时处于绝境之中而无可反抗的人，若被迫采取了所谓的"苟活"方式，也是一种合法性的生存权利,不能过于指责。而这个人此时若能采取"不争之争"的隐忍抗争的方式,那一准是有精神和力量在支撑着他。对于这样的人,我们除了同情他的不幸,肯定他的生命精神,还能指责他吗?我认为福贵属于后者。我在《余华论》中引用了我的同事在一篇评《活着》的文章里的一段论述,以此来说明福贵为何不反抗,为何不以死抗争,恕我再引一次:"首先我们设身处地想一想福贵一生所经历的是不是事实,我们的回答应该是:福贵的一切努力与挣扎、无奈与隐忍是可能而现实的,福贵不可能去反抗什么,因为每一场灾难的发生,那个真凶都隐形遁迹地躲在事件的背后,所以即使反抗,福贵也找不着目标。福贵对它的居心叵测一无所知,更不料它还会在下一个路口等着他,他只按他对生活的理解去活着,以他和他的亲人们相濡以沫的温情去面对不期而至的苦难。该做的他都做了,只是任凭他怎么努力也摆脱不了苦难而已。面对这样一个卑微而无辜的人,我们除了怜其不幸,还能指责他什么?"(《余华论》,第五十五至五十六页)在死亡不停的诱逼之下,福贵一次又一次的在死亡的边缘止步,于苦难悲伤的极限处善待生命,默默地承受着生命之重而无怨无悔地活着。人活到这个份上,已经不是苟活,而是敬重生命而好活了。

一定会有人追问福贵的"活着"有何意义、有何价值,这确实是个问题。如果从启蒙和革命的立场来看福贵,那他的"活着"确实与反封建、反专制而进行社会变革的宏大目标没有什么直接的关系。如果从人性和人道主义的立场来看，人在与宿命抗争中，用"活着"抗争"死亡"，用"知命"抗争"宿命"，是人对生命尊重的一种表现，是人对人进一步理解的表现，其中蕴含着深刻的人道主义情怀，而且这种人道主义思想在近几十年的世界文学中渐成趋势，形成了人道主义新的思潮，可见我在《余华论》第一百六十六至一百六十七页的论述。

《活着》构设的语境显然不是前者，分明是后者，正如余华所说："《活着》讲述了一个人和他命运之间的友情……讲述了人是为了活着本身而活着的，而不是为了活着之外的任何事物而活着"。（余华：《我能否相信自己》，人民日报出版社一九九八年版，第一百四十六至一百四十七页。）这段让许多人诟病的表述，实际上是人从神的巨大阴影里走出来之后，人对自我意义和价值确认的一个现代性陈述，一个现代性的命题。因此，有人敏锐地看到了《活着》和《许三观卖血记》的这一层深意，认为它们是一个寓言，是以地区性的个人经验反映了人类普遍性生存意义的寓言。我还是那句话，在那些让人难以活命的年代，福贵能够活着而不死，是有力量和精神在支撑着他。所以，我才说福贵的隐忍并不是一味地放弃自我而屈辱地活着，而是在隐忍中抗争，对生命的尊重。

具体到是什么力量和精神在支撑着福贵，小说中实际上写得很清楚。我在《福贵为何不死》一文中说："说到福贵为何不死、为何活着，不能不特别提到与福贵生命密切相关的两个女人。这两个女人，一个是他慈善的母亲，一个是他温存的妻子家珍，正是这两个女人，为福贵接通了中国古老的生存智慧。她们是福贵的人生导师，正是她们把福贵从死亡的边缘拉回，用温情苏醒了福贵，用责任开导着福贵，让福贵感悟着生命的责任、生命的意义。"（《余华论》，第五十二页）她们一再劝导福贵要好好地活着，"人只要活得高兴，穷也不怕"。在往后的艰难岁月里，每当福贵及全家遭遇不幸时，妻子家珍总是宽慰他要好好地活着。

除此之外，《活着》没有像西方小说那样，不惜用大量的篇幅来描写、剖析人物复杂的心理，追问人物精神力量的来源。《活着》像中国画，恰恰把这最丰富、最复杂的心理剖析给"空缺"了，留下了"空白"。这留白艺术正是中国文学艺术的特点，实际上起着无声胜有声的艺术效果。它需要读者调动自己的生活阅历、思想情感和生命体验去感悟、去体会、去丰富。越是生活阅历、思想情感和生命体验的丰富者，越是能够领悟到其中的丰富性之所在。

接下来就该谈到人性和人道主义问题了。您说："有几分人性的作品就站得住了吗？请问，大陆上有几多'反人性'的作品？"我只能这样说，文学中有人性和人道主义肯定比没有好，有深刻、丰富、崇高的人性内容和人道主义精神的作品一准是好作品。至于"大陆上有几多'反人性'的作品"？恕我不便直接回答，我只能说，我们的文学曾经在很长时间里缺少人性和人道主义。一个不争的事实是，中国当代文学从它诞生的那天起，就对人性和人道主义多有防范，进而将其视为资产阶级腐朽思想而加以批判，严重地损害了中国当代文学的发展，以至于"十七年文学"和"文革文学"中，出现了许多"反人性"的作品，所以才会有新时期文学对人性和人道主义的呼唤与叙写。这应该是中国当代文学进步的一个重要标志。

文学是人学，人学的核心内容之一，就是人性和人道主义。那些古今中外的伟大之作、经典之作，均因为表现了深刻、丰富、崇高的人性和人道主义精神，才对人的灵魂产生了深深的震撼，才具有持久不衰的艺术魅力而闻名于世。中国当代文学目前最缺乏的思想资源之一，就是对人性和人道主义的充分关注。

再挑出两个细节与您商榷。

一、您说我的审美观点，"不是来自中国的工农大众，而是来自西方的后现代文化之论"。这话要是在意识形态掌控极严的极左时期说出，我不仅不能辩解，而且还要受到批判。虽说现在的文化环境很宽松，但我看到您的这句话时，心里还是震颤了一下，我们的历史记忆太深刻了。我的审美观点并非如您所说的这样，我对中国最底层的卑微者福贵和许三观不幸命运的同情，对他们在隐忍中与苦难与命运抗争精神的肯定，说明我在思想情感上与他们是息息相通的，我要说，我比很多作家、批评家更关注他们、更理解他们。我认为我对余华小说的研究，是从中国的现实出发的，是面对文学而发言的。对先锋文学和西方的现代主义、后现代主义文学，我以为不能将其妖魔化，不能把它们的负面价值有意放大，而忽视它们的正面价值；当然也不能将其神话。近十多年来，将先锋文学和西方的现代主义、后现代主义文学妖魔化已经成为一种时尚，很多人甚至还在没有弄清楚、也不愿弄清楚什么是现代主义和后现代主义为何物的情况下，就提前预设了它们的妖魔性质。我的意见是，把它们作为一种文学现象和一种文化现象来对待，科学辩证地去研究它们，才是正道。

二、您说我口口声声称余华及其作品是"第一流、大家、经典"，捧高了。我看到您这么说也吓了一跳，因为在我的意识里，余华远不是大师级的大家。我怕我的记忆有错，或者在哪里发生了笔误，故而借助电脑将《余华论》里的文章一篇一篇地查，结果没有查出一个与余华联系在一起的"第一流"、"大师"、"大家"的命名。但我在批评《兄弟》的文章中，是说了这么一句话："到目前为止，余华依然是中国当代为数并不多的最好的小说家之一。"这话我认。最好的作家无疑是第一流的，但这个判断有一个前提，那就是，"到目前为止的中国当代作家"。考虑到人们对中国当代文学的整体水平评价不高，认定余华是"到目前为止的中国当代为数并不多的最好的作家之一"，本身就是一个限定。

以上所言，不对和偏颇之处，敬请批评指正。

夏安！

王达敏
二〇〇七年六月十一日

离间"乌托邦"

——读余华《第七天》

一九九七年八月二十六日,余华为《许三观卖血记》韩文版作自序,声称"这是一本关于平等的书"。他没有直接说出许三观,而是说有这样一个人,他知道的事情很少,认识的人也不多,只有在自己生活的小城里行走他才不会迷路。当然,和其他人一样,他也有一个家庭,有妻子和儿子;也和其他人一样,在别人面前显得有些自卑,而在自己的妻儿面前则是信心十足,所以他也就经常在家里骂骂咧咧。这个人头脑简单,虽然他睡着的时候也会做梦,但是他没有梦想。当他醒着的时候,他追求平等。"他是一个像生活那样实实在在的人,所以他追求的平等就是和他的邻居一样,和他所认识的那些人一样。当他的生活极其糟糕时,因为别人的生活同样糟糕,他也会心满意足。他不在乎生活的好坏,但是不能容忍别人和他不一样。"最后,余华说这个人的名字可能叫许三观。在这里,余华实指的是许三观们。平等是现代政治制度化的产物,追求平等是现代意识的体现。可许三观追求的平等,哪里是真正意义上的平等,分明是心胸狭隘、以我为尺度的原始平均主义。更有甚者,许三观追求的平等里还残留着人性之恶的基因,稍不留意就破土而出。例如,当他得知妻子许玉兰婚前同何小勇有过一次生活错误后,为了"平等",他寻找机会也犯了一次生活错误。当偷情之事被揭开之后,他理直气壮地对许玉兰说:"你和何小勇是一次,我和林芬芳也是一次;你和何小勇弄出个一乐来,我和林芬芳弄出四乐来了没有?没有。我和你都犯了生活错误,可你的错误比我严重。"他认定许一乐是何小勇的儿子,心里憋屈,觉得自己太冤,白白地替何小勇养了九年的儿子,于是,他处处刻薄一乐,并严厉地告诉儿子二乐、三乐,要他们长大后,把何小勇的两个女儿强奸了。

这就是许三观追求的平等,这就是心胸狭隘、以复仇的形式平衡心理的许三观。好在许三观的人性结构以善为主,而且不耻之行为也仅此一次。特别是在经过"文化大革命"的种种磨难之后,善良引领着他一步步地走向生命之境。我仍然坚持己见,认为《许三观卖血记》的要义不在"平等"而在"人性精神"。它的最大贡献,是起于苦难叙事,用"卖血"来丈量苦难的长度、强度,以此考量许三观承受苦难、抗争苦难的力度,终于伦理人道主义。

余华真正以平等为要义的小说,我以为是刚刚出版的长篇小说《第七天》(新星出版社二〇一三年六月版)。

荒诞绝望的现实世界

《第七天》打通生死（阴阳）二界，描写了截然相反的两个世界：一个是危机四伏、宿命暴虐、荒诞绝望的现实世界；一个是欢乐温情、死而永生、死而平等的死者世界。小说笔落非现实的阴界，这里的杨飞、杨金彪、鼠妹刘梅、李青、谭家夫妇、李月珍、张刚、伪卖淫女等人的魂灵以返身回望的方式，自由出入生死二界，比较生死二界，最终的结论是：死者世界（阴界）比生者世界（阳界）好。死者世界比生者世界好，是因为死者世界公平、自由、温情，而生者世界（现实世界）则残酷、荒诞，令人绝望。绝望的现实世界，权力称大、金钱横行、社会不公、官员腐败、暴力强拆、事故瞒报、刑讯逼供、冤假错案、警民对抗、自杀、卖淫、行骗造假、底层百姓极度贫困；多数人死于非命，李月珍被车撞死，李青割腕自尽，鼠妹跳楼自杀，杨飞和谭家饭店老板全家死于一场火灾，张刚被人刺死，李姓男人被枪决，大型商场火灾夺走几十人性命，郑小梅父母死于暴力强拆，等等。

生而不平等，便指望死而平等，对于所有人来说，"死亡是唯一的平等"。那个雅可布—阿尔曼苏尔的臣民，羡慕玫瑰的美丽和亚里士多德的博学，他深知自己平生不能企及，便"期望着有一天能和他们平等，就是死亡来到的这一天,在他弥留之际,他会幸福地感到玫瑰和亚里士多德曾经和他的此刻一模一样"。可《第七天》描写的现实世界,人生而不平等,死后也不平等。

在通往阴界入口处的殡仪馆,其候烧大厅分为等级森严的两个区域:由沙发围成的贵宾候烧区域和由塑料椅子排成的普通候烧区域。

> 贵宾区域里谈论的话题是寿衣和骨灰盒,他们身穿的都是工艺极致的蚕丝寿衣,上面手工绣上鲜艳的图案,他们轻描淡写地说着自己寿衣的价格,六个候烧贵宾的寿衣都在两万元以上。我看过去,他们的穿着像是官廷里的人物。然后他们谈论起各自的骨灰盒,材质都是大叶紫檀,上面雕刻了精美的图案,价格都在六万以上。他们六个骨灰盒的名字也是富丽堂皇:檀香宫殿、仙鹤宫、龙宫、凤宫、麒麟宫、檀香西陵。
> 我们这边也在谈论寿衣和骨灰盒。塑料椅子这里说出来的都是人造丝加上一些天然棉花的寿衣,价格在一千元上下。骨灰盒的材质不是柏木就是细木,上面没有雕刻,最贵的八百元,最便宜的两百元。这边骨灰盒的名字却是另外一种风格:落叶归根、流芳千古。

最要紧的是墓地。贵宾死者都有一亩以上的豪华墓地,正在待烧的六人，有五人的墓地建在高高的山顶上，面朝大海，云雾缭绕，都是高山仰止景行行止的海景豪墓。只有一人把墓地建在树林茂密、溪水流淌、鸟儿啼鸣的山坳里。而普通死者的墓地只有一平方米，随着墓地价钱的疯涨，不少死者就连这一平方米的墓地也消费不起，他们不由感叹："死也死不起啊！"还有那些没有墓地、骨灰盒的贫困者，死后只能进入"死无葬身之地"。

死者焚烧待遇也有等级之别。殡仪馆有两个焚烧炉，进口的炉子烧贵宾死者，国产的炉子烧普通死者。但一有豪华贵宾到来，两个炉子都要停止服务，专门伺候其人。豪华贵宾是权力高位者，第一天到来的是一位半个月前突然去世的市长。从早晨开始，城里的主要交通封锁，运送市长遗体的灵车及跟随其后的轿车缓慢行驶，要等市长的骨灰送回去后道路才能放行。一千多名大大小小官员向市长遗体告别，两个焚烧炉停烧，专等市长遗体到来。

荒诞产生了！这里的荒诞是双重的荒诞，"以死写生"——从死者世界反观现实世界是第一重荒诞，这是借助变形而实现的技术性、形式性的荒诞；以荒诞形式表现的荒诞现实是第二重荒诞。此中，荒诞模糊了生与死的边界，即现实与非现实的边界，但又掌控着现实，抵达现实的真相。现实与荒诞互指，有时是将现实的荒诞置于虚幻的荒诞之中构成反讽，用虚幻的荒诞解构现实、否定现实；有时是荒诞成为现实的意指，荒诞在现实本身。在《第七天》里,荒诞叙事承载二义:否定现实,栖居非现实平等之地。

温情遭遇宿命

余华说他写作《第七天》的时候感到现实世界的冷酷,下笔很狠,令人绝望,所以需要温暖和至善的内容来调节作品,给自己也给读者以希望。余华是一位残酷而温情的作家,大致以《活着》为界,在这之前,余华以敌对的态度看待现实,描写现实。在他看来,现实丑恶荒诞,处处充斥着苦难、血腥、暴力和死亡,而这一切均由人世之厄、人性之恶和种种神秘的宿命力量之所致。从《在细雨中呼喊》、《活着》开始,余华小说原有的元素依旧,但此时出现了新的元素:一是温情,二是生命力量(人性力量)。无论是《在细雨中呼喊》表现的"苦难中的温情",《活着》、《许三观卖血记》和《兄弟》上部表现的"温情地受难",温情已经成为福贵、许三观、李兰、宋平凡等苦命人隐忍抗争苦难、暴力和死亡的生命力量,用"活着"战胜"死亡",用"知命"战胜"宿命",在苦难的极限处,在生与死的边缘顽强生存,善待生命。

《第七天》的温情叙写一如既往的感伤温暖,与荒诞叙写并行而成为贯穿小说的另一条主线。本指望温情凭依"润物细无声"的功力,渗透粗砺荒诞的现实而开出新境,但温情终究不敌荒诞现实和宿命的联手设陷而被死亡所俘获。小说中的温情主体如杨飞、杨金彪、李青、李月珍、鼠妹、伍超等人,无一例外地被宿命劫持到死亡之途。小说甫一出版,媒体批评率先登场,几乎是一边倒的否定之声,唯独对杨金彪和杨飞的父子之爱、鼠妹和伍超的恋人之情的描写,读者和评家一致称好。杨金彪和杨飞是两股血脉经上天"无形之手"的点拨而流淌到一起,有意要为他们演绎一段传奇而又刻骨铭心的人间悲情剧。一位怀胎九个月的母亲急产,一不留神,婴儿从火车厕所圆洞里滑掉到铁轨上,年轻的扳道工杨金彪抱起婴儿,还未结婚就提前进入了父亲的角色。从抱起杨飞的那一刻起,杨金彪一生的选择就从此命定了。也就是从那一刻起,他们开始了长达四十一年的相互依存、相互感激的情感之路。为了杨飞的成长,杨金彪把自己的人生嵌入杨飞的人生轨道,既为父又为母,历经艰辛。苦尽甘来,命运突然将杨金彪的人生引向死亡的宿命之途,他在退休的第二年突患绝症。儿子拒绝死亡发来的信息,为了替父亲治病,他辞职、卖房。父亲预感到死亡的来临,为了不拖累儿子,他不辞而别病死他乡。他们生相依、死相恋,在生死二界相互寻找,永别之后竟然重逢于阴界。

鼠妹和男友伍超这对同病相怜、生死相依的恋人,因误会的离间而先后撒手人间。鼠妹因收到伍超送给她的生日礼物是一个山寨版iphone,认定他骗了她,伤心欲绝跳楼自杀。伍超悔恨归罪，卖肾为鼠妹买墓地而身亡。李青与杨飞昙花一现的爱情和昙花一现的婚姻基于真情真爱。貌美高傲的李青断然拒绝许多求爱者而把爱主动地出示给"便宜货"杨飞，是因为她看准杨飞善良、忠诚、可靠。人品不是婚姻的全部，婚姻需要双方在经营中不断提高其质量。他们面临的问题是，杨飞只能给她平庸的生活，而从美国归来的博士一起则能开创一番事业。对于李青，平庸的爱情不是她生命的全部，所以她要离开杨飞。他们超越世俗的爱让人由衷地感动，而他们相互爱恋的分离更是让人心酸。他说："我永远爱你。"她说："我仍然爱你"，"我结婚两次，丈夫只有一个，就是你。"任谁也想不到，离开杨飞预示着李青不幸的开始，她没有看到死亡在向她遥遥地招手，她更没有想到，将她一步一步地引向死亡，也将杨飞引向死亡的凶杀，竟然是超现实的神秘力量借助现实之手实现的。

平等永生的乌托邦世界

现实世界丑陋荒诞，无可救药，便把希望寄托于人性中的美好情感，以为它能够改变现状世界。然而，在权力异化、金钱横行、欲望疯狂、荒诞泛滥、宿命偷袭的现实世界，作为社会补结构之一的人性美好情感的"温情"，注定难当重任。它不仅没有改变现实，反而遭遇现实和宿命的阻击而悲伤离去。绝望之际,《第七天》,虚构了一个美好的死者世界。准确地说,美好的死者世界特指"死无葬身之地",即没有墓地和骨灰盒的死者世界,而那些有墓地和骨灰盒的死者则进入"安息之地"。

"死无葬身之地"原意是孤魂野鬼的荒凉之地,余华变换语义,将其转换为美好世界,一个人人死而平等的世界。语义经过这么一转换,奇迹发生了,那些无权无势的贫困者的亡灵均被引渡到幸福之地,一个如同伊甸园的美好世界。这个世界河水长流,青草遍地,树木茂盛,树枝上结满了有核的果子,树叶都是心脏的模样,它们抖动的也是心脏跳动的节奏。这是一个有灵性的世界,树叶会向你招手,石头会向你微笑,河水会向你问候。这里没有贫贱也没有富贵,没有悲伤也没有疼痛,没有仇也没有恨。在俗界因结仇而双双丧命的警察张刚与男扮女装的"伪卖淫女"李姓男人,到了"死无葬身之地"后,竟然成了一对快乐的棋友,谁也离不开谁,"他们之间的仇恨没有越过生与死的边境线,仇恨被阻挡在了那个离去的世界里"。这里空气新鲜,自然清净,食物丰富,人人生活悠闲,和谐自在,一派幸福欢乐祥和的景象。他们常常围坐在草地上,快乐地吃着喝着唱着,"他们的行动千姿百态,有埋头快吃的,有慢慢品尝的,有说话聊天的,有抽烟喝酒的,有举手干杯的,有吃饱后摸起肚皮的",有载歌载舞的。这里的人有情有义,俨然一个大家庭,得知鼠妹即将前往安息之地,所有亡灵排着长队，他们捧着树叶之碗里的河水，虔诚地洒向鼠妹身上，为她净身入殓，然后，他们在夜莺般的歌声中送鼠妹去安息之地。

这是乌托邦。可余华急忙解释，这个世界不是乌托邦，不是世外桃源，但它十分美好。余华为何要否定他虚构的这个理想世界不是乌托邦呢？想必另有深意，不得而知，我只能根据事实作出判断。乌托邦是近代才出现的词，拉丁文 Utopia 的音译。它源自希腊文 ou（无）和 topos（处所），意为"无地方"（no place or nowhere），即"无何有之乡"之意。此词首先出现于托马斯·莫尔（Thoms More）一五一六年出版的《乌托邦》（*The Utopia*）一书。根据古希腊时期的阿里斯托芬的《鸟》中描绘的"云中鸟国"，第欧根尼的《共和国》设计的"共和国"和克拉底的"Pera"诗中所写的"Pera岛"，特别是犬儒学派在此基础上设计的乌托邦社会，以及近代莫尔虚构的"乌托邦"，概其要点，可以对乌托邦社会做出这样的描述：这是一个理想的共和国，无地域、无民族、无国家的限制；无阶级、等级、地位和贫富之分，人人平等，互助互爱；彻底废除私有制，实行财产共有，物资按需分配；人人无欲无惑，生活安宁幸福，和谐自由；社会成员生活俭朴，满足于大自然的恩赐；重视国民教育和学术研究，提倡公共道德，以养成良好的社会风气；犬儒学派甚至倡导取消家庭，社会成员集体生活，在两性相悦的基础上共妻共夫共子。

《第七天》描绘的"死无葬身之地"具备了乌托邦理想社会的基本特征。乌托邦是虚无缥缈的存在,"明知在现实世界的根基上不可能建立这样的空想共产主义社会,还偏要一本正经地去构设,只能理解为这是犬儒派与现实社会为敌的一种方式,通过对彼岸美好世界的描绘,以此达到对现实社会的全然否定"。我主观判断,余华描绘这个超现实的美好世界,其深意也应该在此而不在彼。

阅读之后

阅读之后是评价。评价要追问的是,《第七天》是怎样的小说?它写得怎样,达到了何种水平?它为何一出版就遭到媒体和网络的恶评,其存在的问题究竟在哪里?

我是在期待中等来《第七天》的。在当代作家中,余华是我最喜欢的作家之一,我与《活着》、《许三观卖血记》、《在细雨中呼喊》等小说气味相投,在情感、思想和审美上与它们仿佛有着天然的契合。《兄弟》让我遗憾过,我甚至把对它的遗憾视为我对自己的遗憾,便希望他的下一部小说再现王者风范。那则极富煽情之功能的广告语特别成功,它是这么写的:"比《活着》更绝望,比《兄弟》更荒诞。"应该再加一句"比《许三观卖血记》更残酷"。一下子就把读者的口味和期望值都吊起来了,吊得高高的。一时之间,《第七天》未售先热,身未动,心已远,真可谓满城竞说《第七天》。因为有《兄弟》在前的提醒，我对这则广告语并没有在意，只当是商家的炒作策略，不能当真。

《第七天》好读，半天就读完了，可为了解读它、评价它，我一直处在纠结中，不能为自己的看法做出一个肯定性的判断，写到这里，我仍像踩在跷跷板上，摇摆不定，有一种有劲使不上的无力感。在我的余华研究中，这是从未有过的经历。我是一个不愿意为别人的意见所左右而轻易改变看法的人，我自然不赞同那些轻率过度的评价，而特别看重那些有学识、有思想并作出真知灼见的评价。我有自己对一部作品评价的习惯，一般情况下，我非常看重第一次阅读获得的感觉，那是没有经过理性硬性介入的纯粹来自艺术审美的直接把握，不做作，不扭曲，不掺假。我初读《第七天》的感觉是，它肯定不是余华最好的小说，明显不及《活着》和《许三观卖血记》，没有达到它们的艺术水准，没有充分做到既言在此（所叙之故事）又深意在彼（纸背蕴含的思想和人性精神）的完美统一。郜元宝说它是一部有新的探索但未能有所超越之作，虽有可读性但总体上显得"轻"和"薄"，是很准确的评价。自然也不是余华"最差"、"最烂"的小说，我认为它是余华力求创新、超越而在艺术表现上存在明显缺陷的小说，一部逊于《活着》、《许三观卖血记》而胜于《兄弟》的小说，一部容易阅读但难以对其作出准确评价的小说。其难，难在它的价值处在一个个滑移不定的节点上，不易拿捏。它艺术表现上存在的问题，我勉强拿捏得住的有这么几点。

其一，以死写生，用阴间乌托邦世界的美好来比照现实并对荒诞绝望的现实予以批判否定，是余华小说创作中一次有意义的超越性的前行。荒诞有自身运作规律，只有当它足够自信且积累起一定的数量和质量时，荒诞现实才能达到自我否定的效果。当它一味符号化时，存在的荒诞就脱离现实语境和文本语境而成为表演性的荒诞。《第七天》所写的荒诞情节，多半是被讲述的，随机插入或硬性拼贴上去的，游离于故事之外，有人讥其为"新闻串烧"，话虽重，却不无道理。

其二，与此相联系的是，导致温情叙写与荒诞叙写时常分离。小说现实内容中的这两种力量对立但不能分离，当它们共存于同一语境时，各自存在又相互影响对方，荒诞现实在温情的作用下显现其真相，温情遭遇荒诞现实的阻击而身陷泥淖。而当它们分离时，荒诞独行，而温情只能被非现实的神秘力量——宿命所陷。而这，必然会削弱作品批判现实的力度。

其三，这部小说叙述逆行，由死的世界写到生的世界，那么，支撑起全部现实重量的支点必然是"死者世界"。但死者世界在作品中一分为二，一个是"安息之地"，一个是"死无葬身之地"。前者是有墓地和骨灰盒的死者之地，后者是没有墓地和骨灰盒的死者之地；前者有贫富、地位、等级之分，后者都是生而贫困，没有权势、地位的弱势群体,死后人人平等也合情合理。为何要做出这种源于现实世界的二元对立的区分呢?二者合一的死者世界——阴间乌托邦,岂不更合"以死写生"、人人平等的本意?现实世界一切有碍人类生存和发展的现象,一旦进入平等永生之地,便顿然消失。这便是反讽,其意义在反讽观照中毫无遮掩地呈现,而现在,小说在作这种反讽呈现时,还得时时提醒自己:远处还有一个否定性的"生而不平等,死亦不平等"的"安息之地"存在着呢?

二〇一三年七月十八日

仁德大师的人间情怀

池州文化名人吴昭元先生邀请我参加八月四日在九华山举行的"仁德老和尚示寂十周年纪念法会",我欣然应诺,随后又犹豫再三。乐意与会,一是时值盛夏,九华山满山青翠,林深幽静,正是消暑之圣地,况且我也有四年没上九华山了。二是我对九华山一山之主的仁德大师心存敬意。久居俗世,尘埃滚滚,此行能沐浴莲花佛国之甘露,洗涤尘蒙,岂不善哉!

犹豫再三自有原因。昭元兄一再强调,必须写一篇纪念文章,并在四日下午的学术研讨会上发言。我犯难了,真可谓"一部二十四史,不知从何说起"。我既非佛教信徒,又不通佛理禅悟,二十多年前曾为写一部哲学方面的书,极其粗糙地研读了一些有关宗教史及佛教理论的著作,然后从哲学和伦理学的层面大而化之地写下了对佛教的评述。当年写下的文字,从中能够看出一个年轻学人的大胆和幼稚,连同显现的,还有那个时代在学术上所具有的勇于"大胆创新"而缺乏"小心求证"的特点。佛学博大精深，一般学者穷其几十年之功夫，也难以抵达其"真如"，原因是它的许多理论和教义不是客观知识经由逻辑推演给出的，而是经过历代高僧大德修持参禅悟出的，真正是"天人合一"的自然佳构：上通天理，中经自然之序，下入人生和生命之道。我辈成长的时代，力倡客观唯物，否定主观唯心，成见先定，又乏慧根灵性，断然难能窥见佛教之堂奥，悟其菩提之妙理，与诸山长老同堂研讨仁德大师，我怎敢开口？

这些年来，在治学上我谨记维特根斯坦的告诫："一个人对于不能谈的事情就应当沉默。"昭元兄不让我沉默，他以为凭我的学问，应该出口成章，下笔成文，可他哪里知道我的苦衷？架不住赵凯兄的怂恿和九华山美景的诱惑，理智还在徘徊，心却放飞了，八月三日我们一行五人驾车来到九华山。

山下热浪滚滚，山上清凉收汗。九华山满是从四面八方涌来的善男信女，大大小小的宾馆饭店纷纷爆满，我不知道这些远道而来的虔诚者今晚宿于何处？虔诚者之虔诚印在脸上，面容疲倦而祥和，目光凝重而温润。人在山上，山上还有山，寺院随山走，一座比一座高，山峰有多高，寺院就有多高。近山远山尽在视野中，心被撑开放远了。遥想蛮荒年代，一代又一代的出家人跋山涉水来到人迹罕至的灵山深处，与世隔绝，孤守一寺一庙一洞，终日晨钟暮鼓，一盏青灯，一身袈衣，一瓢素食，几十年如一日，潜心修行悟道,及至慈悲济世,普度众生。车绕山而行,望着远山峰峦中的寺院庙宇,想到一生在寂寞、孤独、苦行中专修的高僧大德,我不由连连感叹:一个人能把常人难以做成的事做到极致,该需要何等的定力和勇气啊!

据介绍,仁德大师俗名李德海,一九二六年六月二十三日出生于江苏泰县(今姜堰市)一个农民家庭。由于家境贫寒,一九三六年农历六月初三这天在泰县唐湾乡太慰庵出家,从此步入佛门。一九四八年四月,仁德前往南京观音寺求授三坛大戒。一九四九年秋天,新中国诞生,这时传来扬州高旻寺禅七的消息,仁德辞别观音寺来到扬州。高旻寺方丈禅慧法师对这位在佛学上崭露头角的年轻僧人非常器重,便把他留下来。该寺"工禅并重",每一个修行者既是僧人又是工人,他在此学会了编织草席,先后担任过商店、米店的出纳,以及麻袋厂、布厂的领导。后来又担任了高旻寺的"知客",继而还完成了"持午"的修炼。为了精研佛法,向更高层次迈进,仁德于一九五五年九月前往终南山闭关,在"暮雨青烟寒噪雀,秋风黄叶乱鸦飞"的季节里坐禅莲花洞,为众生的解脱而尽形寿。一九五七年春,仁德行至江西云居山,拜谒虚云大师,参禅真如寺。九月,随了空法师朝礼九华山,参拜地藏菩萨,从此与九华山结下终生之缘。五十年代末,仁德法师入住九华山后华严禅寺,过着亦农亦禅的生活,任凭风云变幻,守本分以安岁月,凭天理以度春秋。这期间,他常诵《阿弥陀经》、《地藏菩萨本愿经》、《无常经》和《观世音菩萨普门品》等佛经，慕地藏宗风，循菩萨踪迹，立下"誓作地藏真子，愿为南山孤臣"的悲心宏愿。"文化大革命"破"四旧"毁寺庙，僧人纷纷还俗，他却始终严守戒律，是当代在那个特殊年代中为数极少的坚持不还俗的大和尚之一，故而备受海内外佛教界的敬重。

昭元兄待友热情真诚，在圈内口碑极好。九华山佛教协会主办这次仁德老和尚示寂十周年纪念法会，作为曾经担任过池州市委统战部部长、市政协副主席、且与仁德大师私交甚深的他，以主人的身份接待来宾，安排法会的种种事宜。参加明天下午学术研讨会的专家学者，均是他请来的，于是，他紧盯着每一个人，一再吩咐他们作好明天发言的准备。我想找一个说得过去的理由推掉明天的发言，整个下午心里都在盘算着这件事。到晚上，昭元兄和我们商量，说明天下午想在研讨会上发言的人很多，让我们推选一人发言，我立即接话，说赵凯发言最合适，段儒东先生也极为赞同。这事就这么定下来了，顿时，觉得一身轻松。果然，第二天下午赵凯的发言极有水平，真难为他在那么短的时间里从理论的层面提出了三个关于宇宙本体、生命本体和人生本体的问题，让教俗两界的与会者一时无语。

法会的气氛越来越浓。傍晚时分，大雾骤起，浓得推不开，吹不散，几步之外不见人。次日上午，雾薄了一些，仍然是浓雾。雾是精灵，飘起来的是云，落下去的是雨，雾雨迷蒙，同体一色。坐落于山坳中的祇园寺塔院被雾托起，殿宇楼台漂浮其上，仿佛进入佛国仙境。纪念法会结束时已近中午，这时雾散云开，阳光普照。佛教仪式隆重、庄严、肃穆，使我这个身于其中的俗人不由自主地感动，不禁对一代高僧仁德大师肃然起敬。

佛教源自民间，世人以为，出家人出世修行，吃斋念佛，多是基于人生本苦的考虑，或者原本就是为了趋避穷苦和烦恼之所致，借助佛的导引，诚心修行而达到消灭苦因，脱离苦海之目的。这种以脱苦为目的的修为是一种自救，既是对抗性的厌世遁世，又是对人世的消极逃避。事实上，来自民间底层的出家人多半处在这种境界。而修成正果的那些大德高僧，出世又入世，在无我之境念天下之苍生，悲天悯人，慈悲济世，广植善根，以达到普度众生出苦海之宏愿。于是，在近现代高僧、名僧中，既有尘缘未了，不僧不俗，亦僧亦俗，"行云流水一孤僧"的著名情僧苏曼殊，更有"我虽学佛未忘世"的八指头陀（黄寄禅），"念佛不忘救国，救国必须念佛"，志在"普度众生出苦海"的弘一法师（李叔同）。仁德大师当属后者。

仁德大师是一位把出家当作一项伟大崇高事业来做的当代大德高僧。他认为出家乃大丈夫所为："出家，不是消极，而是积极。要以出世之心做入世事业。"因为，"佛教不离世间法，若离世间法，恰如求兔角"，这就要求出家人

"不要脱离实际，要立足现实，为建设人间净土，建设我们的国家多作贡献"。基于此，他在坚守传统佛教的基础上，为佛教注入了丰富的现代内容，将佛教现代化、中国特色化。是他为了培养立足佛门，又关心和拥护社会主义现代化建设的佛教人才，在九华山创办了安徽省第一所佛学院，遵循"学修一体化，学院生活丛林化"的办学方针，实行学与修、爱国与传法相结合的教学理念。是他在全国佛学院中，第一个升国旗，第一个唱国歌，第一个办院刊，第一个拥有自己的院歌，第一个不放暑假，从而形成了九华山佛学院独特的办学特色，为佛教界所称道。是他在佛教界大力倡导爱国爱教、弘法利生、和平和谐的思想，认为只有爱国爱教，才能成为合格的僧才。是他首先提出"佛教的根在中国"的观点，认为中国佛教有自己的特色，中国有许多名山祖庭，历史上出现过许多大德高僧，佛教在中国源远流长、长盛不衰，一直沿着人间净土的方向修持践行。

不离"世间法"的仁德大师离开人间已十年，我想他一准是暂时的离开，他太累了，需要静心休息一段时间。大师生前拉着特来北京医院看望他的吴昭元先生的手说的两句话，"想人间，点点头；望世界，摆摆手"，分明在暗示：不舍众生，乘愿再来。

二〇一一年八月十九日

现实的质疑者
——沈敏特其人其作

现实的质疑者,此处锁定的人物是沈敏特。

"潇洒浪漫、气质优雅现代的男人"加"知名学者",等于"沈敏特"。

知名学者一般不潇洒不浪漫,潇洒浪漫的文人一般不易成为知名学者,一人占有这两者,就注定要格外引人注意了。

这个男人身高挺直,浑身透着一股说不清的魅力,但五官却有异人之相。分而视之,说它俊,是骂它;说它一般,是夸它,说它有点怪,不算太过分。肤色偏暗,分布于其上的眼睛窄小而后退;嘴唇倾向扁平自然不饱满;中心部位的鼻子该挺直而没有挺起来,这就少了气势;额头智慧地前伸,但不该张扬的下巴却不知趣地以十五度左右的倾斜角向外探索,整个脸形,一个漫画家对其作了极为夸张传神的勾勒:上下向外前伸,中间向内收缩,呈月弦形。神奇的是,这些"次品"经过造物主的创造,反而超凡脱俗了。这张独特的脸啊,只要看上一眼就不会忘记。尤其是那双眼,目光精闪,凝含着意义,智慧而多情。两眼生辉,满脸皆活。于是感叹起来:有人五官皆为上品,却一脸平庸;有人五官件件平庸,却形象独特,气质高贵。说的正是沈敏特。

说沈敏特,先要将他定格于上个世纪八十年代。那是思想启蒙的年代,呼唤现代化和推进思想解放成为时代的主题。在这个决定中国现实命运的年代,一个优秀的知识精英该做的他都做了。他在学界激进前行,名和声远扬。他的正业是高校教师,其文学研究的主向是中国现当代文学。他的知识结构和学养相当好,但他的所优所长在思想,思想的前行与特立,使他的治学更多是在行使思想家的职能,而非一般的学术研究。思想之敏捷,论理之尖锐,观念之现代,提升思想之彰显,在学界他算出众的一位。在他的学术活动中,思想像酵母,经它的发酵,知识和学养立马见涨。思想是有穿透力的,凭着思想的优势,他研究中国现当代文学的文章一篇篇闪亮登场,《当代文学——新的社会信息》、《论文学研究的当代性》、《关于爱情题材的札记》、《自我的丧失与重建》等雄文,亮了文坛,也亮了文的主人沈敏特。

无论是作为大学教授,还是作为学者,八十年代都是沈敏特最风光最得意的年代。他的学问好,文章好,大家都知道。但他的教学更好,关于这一点,知道的人可能就不多了。在中国现当代文学研究这一块，论学问，他上有学养深厚的前辈学者罩着，下有王富仁、陈平原、汪晖、陈思和、王晓明等一批锋头正盛的中青年学者可以同他一较高低。但在教学上，他绝对一流，就连对他有看法的人也不否认这一点。课堂教学说穿了就是个人的学问、才情和魅力的综合表演。一进入这种情境，他才情横溢，魅力四射。他讲课的语速不紧不慢，声音不大，传得倒远。音质厚实，韵味绵长，难得的是，声音中有一种磁性，这就有了魅力。人生得风流潇洒、浪漫帅气，又当盛年，听者便先有了好感。在学校，他有成群仰慕他的学生和青年教师。听着听着，听者渐渐生起崇拜之情，还有那多情者，眼里又多了一层朦胧。于是，他的讲座一个接一个，凡是他的讲座，一概爆满，在省内各高校如此，在省外许多高校，包括全国重点大学也如此。由此，他最好的朋友曾私下戏言，说沈敏特是一流的教学，二流的科研。话虽不中听，却也大致不差。

他自我自信，但不自大自傲。作文尖锐深刻，待人却热情随和，善广交朋友，一派学者风度。这是他人性人格向善向和的一面。他很自尊，始终守护着人格不受侵害，对于有意诋毁他的人，暗中对他使歪力的人，他一点情面也不留，反击之尖锐，让人瞠目结舌。他曾当面回击一位系领导，令这位领导无地自容，颜面大跌。他说：××系学问最差的就是你，我打瞌睡时写的文章都比你强。够损的吧！够自大自傲的吧！冷静想一想，这还是文人使的招，全无心计城府的明招，尖刻全飘在空气中，出出怨气，过过嘴瘾而已。话一完，你还是你，他还是他，双方各自既不损一根毫发，也不添一根毫发。人在激动愤慨的情境中，常常会夸张膨胀，把话尽量往大处说，沈敏特也不例外。我愿意看到的是前一个沈敏特，这可能与我的性格和为人处世的原则相关。后一个沈敏特难以相容于这个社会，会给自己招致许多麻烦甚至伤害，他可能至今也没有清楚地意识到这一点。话又得说回来，真要是像我意愿的这样，沈敏特也就不是沈敏特了。

他在学术里自由驰骋，春风得意，就连没入门的政治，他也是说拿就拿，说放就放，玩得甚为精通。但一入现实，他却成了一个最不会弄政治的人，最不懂社会的人。一不小心陷入矛盾的漩涡，他的幼稚与迟钝就充分暴露出来了。在矛盾漩涡里，他做学问的智慧和精明全没了，有的只是呆头呆脑，东张西望，始终找不到真正的对手，待他有点感觉时，已遍体伤痕。他又浪漫多情，文人有的毛病他也沾了一点，纯属个人私事的"小节"，若有意将其与政治与道德揉到一起放大，也会置人于死命。不幸而言中，在八十年代的最后一年，最讲思想解放最讲政治的他最终被政治所抛弃，思想的启蒙者反而被现实所启蒙。他被挤出学校，到一个可以什么事都不干的单位挂个闲职，领一份工资。文人退到这一步，正好可以闭门反思，修身养性，做自己想做的学问，写自己想写的文章，可这个不安分的家伙还没稳住情绪，突然只身闯入改革最前沿的南方，一边经营商业性的文化出版，一边为自己挣钱，此时的他，一半是文人，一半是商人。从此，他成了圈内文人们谈论的对象，他的事就是大家的事，在他身上发生的或可能发生的任何事，都成了大家见面的一个话题。至于这些年他在南方都做了些什么，做得怎么样，我不了解，也不愿去问。传言较多，我以为多不可信。深为遗憾的是，他这么一走，高校少了一位不可多得的教授，学界少了一位敢说真话且会说真话的知名学者，而商界则多了一位可能并不出色的商人。凭我对他的了解，我至今仍主观地认为，他的长处在文而不在商，在思想创构而不在工具操作。

南方虽好，可那是年青人闯天下的地方。世纪之交之年，六十开外的沈敏特尽管依然保持着三十岁的精神，四十岁的思想，五十岁的身体，但他还是非常理智地离开了南方，从北京转道回到安徽。才两年，他又忙开了，一边办杂志拍电视，一边写文章。文章越写越多，越写越好，杂文散文随笔评论一篇接着一篇，透着思想的力度和深度，奔着一个思想主向：质疑现实、批判现实。十多年前的沈敏特又回来了，不过，此时的沈敏特已由文学研究转向现实批判，但变中之不变则是一以贯之的直面现实的思想、态度。有意淡化学术含量，加大思想含量，成为沈敏特近期创作的策略性选择。这个不甘寂寞的家伙又不安分了，且看：

——明知思想文化领域的文化产品一贯由领导"把关"，他却对此提出质疑，说什么"把关"必须有一个前提，即把关者是一个绝对的权威，天生掌握了判断是否真理的标准。你没有掌握这个标准，凭什么"把关"？还说"洞察一切"的伟人毛泽东应该是最权威的把关者，但恰恰是这位伟人判出了许多错误。谁敢说他比毛泽东还高明？领导不能"把关"，那么谁能"把关"呢？他说真正权威的把关者是"实践"与"民主"。(《欢迎"把关"》、《真理谁来掌管》)

——崇高严肃的政治生活中有荒诞庸俗的事象，权力系统有消极性的运作。例如，凡是开会，主席台上除了主持人之外，还有一大帮既不发言也不主持会议的领导，他们按照官位与权势的大小从中间向两边依次排开。若有领导讲话，一定也是根据官位与权势的大小依次排列，讲话的内容大致不差，但重要性却不相同。这些庸俗事象，人们早已习以为常、司空见惯，甚至达到了麻木不仁、见怪不怪的程度。他偏偏要把官场的荒诞及庸俗政治的泛化现象撕开，顺着他撕开的口子朝里一看，原来里面装的是封建等级观念、人格的丧失与荒诞的平常化等内容。(《"主席台"情结》、《说"椅子"》、《荒谬与平常》、《寂寞，并不寂寞》、《常用语质疑》)

——收拾了政治的庸俗化与权力的消极运作，他转而又指向中央电视台《实话实说》栏目过度赞美"心连心"的节目。中央电视台"心连心"艺术团到全国各地演出，声势浩大，经电视转播，影响波及全国。此项活动的意义不同凡响，它被认为代表了先进文化发展的方向，代表了文艺为人民服务的方针，代表了党中央和人民"心连心"。可不会顺势说好话的他偏偏倔着劲说，不对！这只是个好事，是个善举，不值大轰大嚷，硬要把它上升到什么"方向"、"方针"的政治高度。过度赞美，其效果只能适得其反。作为媒体，最重要的是向老百姓传送科学与民主的现代观念。说完了"心连心"，他又借势直指中央电视台是高度垄断的机构，而高度垄断紧跟着的就是权力腐败；另者，垄断的背后是贫乏和虚弱。为防范权力腐败和高度垄断，必须引进公平竞争机制。话可以这么说，理也如此。但他就没有想到，中央电视台能听你的？即便他们认为你说的都是对的，也不会让你来开导他们。垄断是权力高度制度化的生成物，代表着权威，不可动摇，不可怀疑，难道你不懂？（《致崔永元的公开信》、《坦言春节联欢晚会》、《号脉与寻药》、《要重视"赵安现象"》)

——看到社会科学生存维艰，处境尴尬，学者们困惑埋怨，作为曾经身处其中而如今与此也没有完全脱开的他不仅不同情，反而质疑：你们有什么理由埋怨？半个世纪以来，社会科学面对我国社会发展的关键问题，功劳不大，负面不小，有时真不如一个好的歌手还能给劳累的观众带来松弛、宣泄和愉快。我国的社会科学家,就整体而言,安身立命的基本原则是与掌有决策权的决策者保持信息等量,只具有复制能力,而没有生产能力。历史的原因是,中国自古以来没有形成坚强的科学传统,现实的原因是,知识分子没有建立一个自主的、独立的人格,失去了对现实批判的能力。养兵千日,用在一时,当老百姓大难临头的时候,这支队伍只能发挥"无用有害"的作用,老百姓要你"干甚"。话说过了,他还是狠劲地说。一直以知识精英自居的人文学者们本来就活得不轻松,让他这么狠狠地一戳,价值全无,颜面全无。看来,他是有意要让他们讨厌了。不过,这个聪明的家伙终于没把话讲绝,我生怕他说:要社会科学干什么?让它见鬼去吧!他终于说了一句让我们看到了一线希望,又恢复了一点信心和尊严的话:一个民族的健康发展是需要社会科学的。

……

初看这些思想尖锐的杂文随笔文评,颇不以为然,以为这是他一时兴起之作,当不得真。读到后来,再联系到他前期的学术思想,我终于明白和意识到这是他知识活动的重要内容。他近期知识活动的主要思想指向就是质疑现实,包括对权力、权威、体制、意识形态、终极价值、政治、文化,以及庸常事象的质疑。也许是近十多年来看够了文坛乃至整个学界形形色色文人庸俗低劣的表演,也许是腻味了一味平面化的时代,才逐渐深悟到如今的文坛还真需要这种鲁迅的批判精神。这已不是思想启蒙的时代,却仍然需要思想启蒙。批判成了沈敏特与现实发生关系的一种方式,他的任务正如鲁迅所说,"是在对于有害的事物,立刻给以反响或抗争"。也如萨义德所表述的那样,批评必须把自己设想成为了提升生命,本质上反对一切形式的暴政、宰制、虐待;批评的社会目标是为了促进人类自由而产生的非强制性的知识(萨义德:《世界·文本·批评家》)。其实,这正是现代知识分子最重要的职责与角色定位。我关于批判型的知识分子的理解一部分源于萨义德一九九四年出版的《知识分子论》,要义我录:

> 知识分子是民众的喉舌,作为公理正义及弱势者与受迫害者的代表,即使面对艰难险阻,他们也要向大众表明立场及见解;知识分子的言行举止也代表自己的人格、学识与见地。
>
> 真正的知识分子在受到形而上的热情以及正义、真理的超然无私的原则感召时,叱责腐败,保卫弱者,反抗不完美的或压迫的权威,这才是他们的本色。
>
> 知识分子扮演的应该是质疑,而不是顾问的角色,对于权威与传统应该存疑,甚至以怀疑的眼光看待。
>
> 总之,知识分子在公开场合代表某种立场,不畏艰难险阻地向他的公众作清楚有力的表述。

毫无疑问，沈敏特正是这样的知识分子。这样的知识分子让人敬佩，但不是谁想当就当得了的。首先是他必须高尚纯粹，有胆识有勇气，不怕失去什么；其次是他要有智慧和思想，二者缺一，成不了批判型的知识分子。沈敏特天智秀出，独行特立，向来不以集体式的热情来思考问题，在他看来，集体式的热情里从来没有个人的思考与判断。在气质和观念上，他是自由主义的，但在知识活动中，他的思想和智性则是现实主义的。他质疑权力、权威、专制、强势话语，以及种种荒诞庸俗事象，主张自由、民主、科学，在尖锐凌厉的质疑批判的背后，流淌着的则是人道的热情、知识分子的良知和人文主义精神，而这一切，均源于他对现实的信心与希望。他表面偏激尖锐，内心却是热的，向往着理想、崇高、美好。看到了这一层，我也就理解了沈敏特在质疑批判现实之时，为何又写下了似乎不像出自他之手的《我爱祖国，因为……》、《我爱今日》、《进入二十一世纪的中国青年的危机》等文章的深意。

我生怕误读了沈敏特，一来怕对不住沈敏特，二来怕圈内文人指责。行文至此，自信其解读大体不会错。起笔之时，设计文路由解读沈敏特其人进而解读沈敏特其文，以析人始，以论文终，就连沈敏特近作的思想资源、析理的特点、文本展开的方式，以及我不满意与不看好的方面也作了布设。没想到写着写着，出了状态，最终写出的还是沈敏特这个人。

沈敏特是幸运的，不论他怎么折腾，不论他有多少坎坷，他身边总有一帮爱他护他的朋友。现如今，他在体制外写作，成了真正意义上的自由人。自由人当然好，可以避去许多不必要的牵累，甚至伤害，但也少了遮风蔽雨的绿荫。现实的质疑者注定要前行，我不知道他在行进的路上会不会再遭遇风雨，我只能道一声珍重，祝愿他一路好走！

二○○三年一月一日

多公小记

多公，学名王多治，笔名治芳。多公获此尊称，源于何人何时，无人考证，亦无从考证。

这是一个生性达于极致之人。在我的同事中，其个性色彩之显、轶闻趣事之多者，多公遥遥领先，无人出其右。身材偏矮，行走作冲锋状，一头爱因斯坦式的自然卷发是其独有之标志，学生私底下称其为"金毛狮王"。说话口无遮拦，放言无忌，常常让人瞠目尴尬，怒亦不是，恨亦不成，都知道他心直口快，没有坏心，也不去计较。他的长处是知错就改，说了过头话，不该说的话，事后回想不对，便急忙检讨"我说得不对，别在意啊！"性急，心里憋不住话，好与人说，每每得知不能与他人言说之事，他总是第一时间告诉朋友，先对张三说，并一再告诫千万不能告诉别人，转身又对李四说，同样告诫他千万不能告诉别人。别人都遵守他的告诫，唯独他自己不遵守告诫。往往是不出一天，他知道的事，朋友们都知道了。八十年代大学生毕业，由国家分配工作，系里成立分配领导小组，领导找他参加，他问领导要不要保密，领导说要保密，他说我不能参加，因为我不能保密。他率性自由散漫，一向淡泊名利，他有一句名言广为流传："除职称外，凡是需要申请才能得到的东西，我一概不要。"就连有时送上门的好事，他也婉言谢绝。平生最崇拜鲁迅，愤世嫉俗，眼中揉不进沙子，年轻时如此，过了古稀之年仍"江山依旧，本性难移"。常示陈寅恪的名言"独立之精神，自由之思想"，以此论世断人，感慨系之而终归于慰己慰人。

他有三大嗜好，抽烟、嗜辣、玩牌。据说他曾经嗜烟如命，整天烟不离手，一支接一支，常常是一支还没有抽完，又点上一支。后来年岁大了猛然戒烟，乱了生理，心脏出了问题。好事变成坏事，变不过来，但烟也不敢再抽了。又嗜辣，几乎是无辣不食。他是我这辈子见过的最能吃辣的两个人之一。（另一个人是德国波恩大学汉学家顾彬教授。一次到火锅店，他嫌辣味不够，索性直接喝火锅里的浓汤。）他饭食简单，一碗米饭，一份辣椒，再来一份米粉肉或者红烧肉，就是最好的美食。我了解他，每次吃饭都给他点这两道菜。心脏搭了支架后，我对他就有所控制了。他从不沾酒，原因是不能喝酒。在酒界，不能喝酒的男人不能算男人，充其量只能算半个男人，朋友们以此戏言他，他亦以此自嘲，自称是"半个男人"，因此也拦住了别人的劝酒。久而久之，他就成了人人皆知的"不喝酒的男人"。他吃相生猛粗野，大口扒饭，裹食极快，近乎吞咽，大有梁山好汉大口吃肉的痛快淋漓。他不喝酒，可以先吃饭，经常是菜未上齐，酒未三巡，他已饭毕。他不擅长娱乐，读书教学之余的唯一爱好是玩牌（打麻将）。教授玩牌，好说不好听，多少有点不雅或不务正业的味道，他深知世俗的偏见，不理睬，任人说道。心底里，有时难免有些在意，但架不住他好这一手，于是，我们就时常听到他不无羡慕地转述梁启超的名言："只有读书可以忘记打牌，只有打牌可以忘记读书。"当然还有梁公的高论："骨牌足以启予智窦，手一抚之，思潮汩汩而来，较寻常枯索，难易悬殊，屡验屡效，已成习惯。"据说梁启超任报社主笔时，很多社论都是在麻将桌上口授而成的。多公述此，意在说明，玩牌大有健脑益智之功效，国学大师作如是说，我辈岂敢误解。每当此时，大家会心一笑，彼此意领。

中文系历来是卧虎藏龙之地，上世纪八九十年代，我所在的安徽大学中文系确实有几位名声远播的教授，多公是其中的明星角色之一。我和他同在一个学科、两个教研室，一九九七年合并为中国现当代文学教研室。合并之后的学科发展达到最盛状态，其标志是，学科七位教师全是教授，这在全国也不多见。恰好教研室有四位功夫优异、特色彰显的教授，学生美誉为"四大天王"。先在中文系传开，及至校内又校外。"四大天王"中，多公年长居首位，我年少居四。现如今，"四大天王"已经退休三位，巧合的是，学科经过新陈代谢，又有两位王姓、两位汪姓教师，

"汪"字提高一个声调读"王"。我之外,他们三位都是饱学之士、博士加身,昨日的辉煌还能再现吗?

作为大学教师,多公的强项无疑是教学。多公知识广博,记忆力特强,上课基本凭记忆,没有正规的讲稿。他采用旧式教学,一支粉笔,一杯浓茶,开讲设问,渐入胜境。因极其投入,故充满激情,魅力四射,兴奋之时,往往庄谐并作,妙语连珠,听者入迷,堂上堂下其乐融融。他是真正的教学名师,其精彩有口皆碑,一经演绎流传,几乎成为神话。好多学生毕业多年,每每谈起多公,均以聆听过他的课而自豪,而后来的学子为再也听不到如此名流教授的讲课而遗憾。

作为学者,多公的入手功夫是诗,先是诗歌创作,后是诗歌研究。多公年轻时写过好多感情充沛的诗歌,因喜欢诗,从中获得了对诗歌的一份特别的灵悟。后来他走上治学之路,虽不再写诗,但诗歌修养了他诗人的气质和才情。诗是精灵,它能够放飞人的情感和思想,但治学则需要脚踏实地,为多公治学立根基的功夫,是以博学致广大,阅读成为他的终生事业。他的阅读范围主要在文学和历史,再广涉能够引起学人兴趣的多学科著述,还有刊载时事新闻的闲书报刊。他有天纵之才,上天给了他过目成诵、记忆超强的特异功能,直到今天,他还能大段大段地背诵名篇佳作。他曾经很自负地说,我能讲中文系很多课程。此话不假,就我所知,他至少能够讲授外国文学、中国古代文学、中国现当代文学、写作、大学语文等课程。

阅读兴趣广泛，知识可以通广博，对于教学是一大优势。而对于专家学者治学，却不一定是好事。多公诗人气质，任性而为，又率性自由，超脱名利，再加之"生性疏懒"和贪玩，故阅而少作、述而不作，致使知识"广博"而专业不能"精深"（多公自己的话）。我们常为他遗憾，可又有谁知道，这种性格使然的做法难道不是他的追求吗？

多公是个有趣之人，我知道大家想听听他的轶闻趣事，下面录三则故事。

第一个故事：多公上课有个传统，就是讲到朱湘的《采莲曲》时，一定要请班上最符合这首诗歌气质的美女来朗读，学生们都将这视为班级荣誉的头等大事。那时中文和新闻还没分家，很多课程是一样的，两个班暗地里竞争激烈。有一年，新闻班先上中国现代文学课，班上美女多，全班学生都盼着多治老师点到其中的一位女生，可他扫了全班一遍后说："算了，还是我自己来读吧。"男生哄堂大笑，女生尴尬无语。

第二个故事：多公上课喜欢提问，学生高度紧张。因为他提出的问题，学生多半回答不出来，而这时，他总要大发恨铁不成钢、一代不如一代的感慨，并含有几分嘲讽的意味。一次给研究生上课，他一连问了几个问题，学生都没有回答出来，他气愤地说："一个个戴着眼镜，人模狗样的，连这么简单的问题也不知道，不配读研究生。"现在的学生抗打击能力强,你骂你的,气生在你身上。还有一次给在职研究生上课,学生多是高中语文教师,当他问他们问题时,一个学生壮着胆子问他,"老师,这个问题我不知道,你给我们说说。"他哈哈大笑,"我也不知道!"下课后师生互相敬烟,一派和气。

第三个故事:多公上课没有时间观念,无论是几节课,一口气讲下来,中间不休息,且每次都拖堂。一次给九七级上课,上午三四节,那时是冬季,学校食堂一过十二点就没热饭热菜,所以一般都提前十分钟下课。饭点到了,多治老师还在讲,团支部书记忍不住站起来说,老师您拖堂了。他看了一下表说:"我的表还没到时间呢,还有三分钟!"又继续讲,三分钟后,团支部书记腾地站起来说:"老师,三分钟到了!"多公砰地把书一摔直接冲下讲台,上前动手掐团支部书记的脖子,两人扭打在一起,男生们急忙上去拉开。辅导员知道此事后,很生气,叫团支部书记写检讨赔礼道歉。团支部书记写了很长的检讨,下次课一开始,他站起来就读检讨书,说:我对不起党、对不起人民、对不起安徽大学、对不起王老师,等等,总之拔得很高,还没有读完,多公就笑着走下讲台给学生一个拥抱,说:"不打不相识,打完我才知道,原来拖堂你们就没法吃饭了,所以是我不对,不用道歉,再说是我打赢了。"

这就是有趣又有味的多公!

北京大学陈平原教授在一篇题为《即将消失的风景》

文章中，感叹老一辈学人逸事多，"有韵"且"有味"，后来的学者因长期压抑，有趣味的人不太多，有故事的人更少。刚进北大时，在未名湖边流连，学长指着老教授的身影告知，此乃北大校园最为"亮丽"的风景。如今，秋风凋碧树，风景日渐黯淡。没有长须飘拂的冯友兰，没有美学散步的宗白华，没有妙语连珠的吴组缃，没有口衔烟斗旁若无人的王瑶，未名湖肯定会显得寂寞多了。还会有博学之士不断地进入大学，但年轻一辈的学者，虽然也有在专业领域卓有成就的，可就是不如老先生"味道醇厚"。一刀切的退休制度，使后来的学生再也享受不到七老八十的老先生纯美的味道了。

一年一度的春节将至，我以这篇小文敬献多公，以了却我十年的一桩心愿，为他作一素描。

二〇一四年一月五日

从乡土小说出发的文学史家
——丁帆其学其作

　　检索丁帆的学术成果,结合我对他的了解,可以看出丁帆的学术研究的三个特点。其一,在我们这代人中,丁帆的学术研究起步早、起点高,一九七九年他开始发表论文,前两篇论文《论峻青小说的艺术风格》、《谈贾平凹的描写艺术》均发表在文学研究的最高刊物《文学评论》上。其二,丁帆治学勤奋精进,成果丰富,三十多年来共发表论文三百余篇,出版学术专著十余部,主编中国现当代文学史多部。其三,丁帆学术视野开阔,立足于学科前沿,所论所作常领风气之先,但他的研究重点始终不落二项,首在中国乡土小说研究,次在中国现当代文学史研究。为他的学术研究把脉,我的判断是:他关于文学史、文学现象、文学流派、文学思潮的研究,都是从乡土小说研究伸展开去的。乡土小说研究已经成为他学术研究的中心、重中之重。

　　丁帆的学术生涯始于乡土小说研究,亦成名于乡土小说研究。他是乡土小说理论和中国乡土小说史研究的开创者,他于一九九二年出版的《中国乡土小说史论》(二〇〇七年修订出版时,更名为《中国乡土小说史》,被列为普通高等教育"十一五"国家规划教材),是中国乡土小说史的第一部系统专深的学术著作,属于开创性的奠基之作。二〇〇一年他又出版了《中国大陆与台湾乡土小说比较史论》,此著意在比较两岸乡土小说的异同,却在更大意义上——共时性意义上智慧地完善了"地域中国"乡土小说史的内容。近期,由他主持、黄轶和李兴阳参与的国家社科基金项目"新世纪中国乡土小说的转型"通过结项,其成果被评为优秀等级并列入国家社科文库待出版。此著是《中国乡土小说史》的"续篇",在历时性的视野中追踪当下中国乡土小说的嬗变发展。至此,三部著作系统完整地构建了中国乡土小说"从萌生、繁盛、蜕变、断裂、复归到再度新变"的发展史。

乡土小说理论的建构

在人们的观念里,"乡土小说"是一个不言自明的概念。多年来它一直被人们以各种不同的理解在使用着,人人心中都有一个自己认定的"乡土小说"概念,一些人在广义上泛指一切叙写"乡土"的小说为乡土小说,另一些人则在狭义上专指描写风土人情的小说为乡土小说。显而易见,大家都在不证自明、不言自明的情况下使用"乡土小说"概念。因为这个概念太浅白平直了,浅白得让人感觉它已经没有任何内涵而只剩下淡淡的外表了。

而误区正在这里。按照通常的直观理解,作为在乡土中国土壤上产生的文学,注定也是乡土性的。据此,可以说乡土文学/乡土小说与中国文学/中国小说是共生互为的关系。果真如此吗?丁帆答曰:非也!他认为,乡土文学/乡土小说是农业文明与工业文明相冲突的产物,伴随着现代性的步伐而产生,在世界文学史上,它大约始于十九世纪二三十年代。在这里,一个学者过人的眼光及其优秀的学术品质就充分体现出来了,他对于一个文学概念的厘定竟然改写了一种文学的性质和存在方式。

就我所知,丁帆是一个充满着学术热情和探索精神且富有创造智慧的学者,他是第一个从文明演进、社会转型和世界文学视域给乡土小说下定义的人,并从这一重大理论发现处出发,根据乡土小说的发展建构了乡土小说理论的第一人。这是他最重要的学术贡献,其成果(包括中国乡土小说史研究成果)已经对学术界产生了广泛而深度的影响,他的影响甚至超出了他的学术本身而带有一种标志性意义。

丁帆建构的乡土小说理论是逻辑体系化的,由一系列分辨原则、概念、术语和理论阐释组成的逻辑体系。其理论的基点即原点成为首要目标,丁帆运用知识考古学的观点,回溯历史,首先对何谓"乡土小说"即乡土小说何以产生及其分辨原则作了科学的界定:"乡土文学"作为农业社会的文化标记,或许可以追溯到初民文化时期,整个世界农业时代的古典文学也因此都带有"乡土文学"的胎记。然而,这却是没有任何参照系的凝固静态的文学现象。只有当社会向工业时代迈进,整个世界和人类的思维发生了革命性变化时,"乡土文学"(包括"乡土小说")才能在两种文明的现代性冲突中凸显其本质的意义。作为文学的一种样式和类型,乡土文学/乡土小说最早出现于十九世纪二三十年代,遂形成创作潮流,在美国、意大利、法国、英国、俄罗斯等国家兴起,代表性作家有库珀、欧文、哈特、马克·吐温、哈代、巴尔扎克、莫泊桑、屠格涅夫、契诃夫、托尔斯泰等。到二十世纪,乡土小说创作形成了世界性热潮,拉丁美洲和中国的乡土小说以其别样风格也融入其中。作为一种世界性的文学现象,乡土小说创作不再是指十八世纪以前那种描写恬静乡村生活的"田园牧歌"式的作品,它是在工业革命冲击下,在两种文明的激烈冲突中所表现出的人类生存的共同人性意识,是作家尤其是有着乡土经验的作家在现代性选择中的必然选择。

丁帆对乡土小说的界定,其第一个分辨原则是:乡土小说是工业化、现代性的产物,以工业文明和城市作为参照系的文学现象;只有在"工业化"和"城市"的整体观照、反衬下,"乡土"才能成为一个独立的意象被凸现出来。

乡土小说的第二个分辨原则是边界的阈定和题材阈定。作为与城市相对应而存在的中国广袤的乡村原野，是乡土小说描写的对象，因此，新文学运动以来的中国乡土小说一开始就从题材上阈定了它必然是以地域乡土为边界。这种基于社会结构和叙事视域的区分早已成为一种约定俗成的原则，一九九二年版的《中国乡土小说史论》明确将乡土小说的边界限定为不能离乡离土的地域特色鲜明的农村题材作品，其地域范围至多扩大到县一级的小镇。但一九九〇年以来，中国社会现代转型加速演进，全球化与现代化的步履改变着城市和乡村固有的边界，前现代、现代和后现代奇异地并置在大致相同的历史时段，导致城市和乡村都发生了质的变化。中国作家面对新的现实，重新整合陌生的"乡土经验"，拓展出新的乡土叙事疆域，从而突破了中国乡土小说既有的边界阈定和题材阈定。具有学术前瞻性的丁帆迅速跟进，将世纪末至新世纪中国乡土小说的转型作为一个新的课题来研究，他在二〇〇七年版的《中国乡土小说史》、即将出版的修订版《中国大陆与台湾乡土小说比较史论》、国家社科基金项目成果《新世纪中国乡土小说的转型》等专著，以及《中国大陆与台湾乡土小说比较论纲》、《中国乡土小说：世纪之交的转型》等多篇论文中，对乡土小说的边界重新作了界定，将以"农民进城"及其作为"他者"的"所进之城"为叙事对象的小说归入新世纪乡土小说之中。其叙事视域及题材大致对应三大范围：一是以乡村、乡镇为题材，书写农耕文明和游牧文明生活。二是以"进城农民"及其流寓的城市为书写对象，乡土小说的边界自然而然地扩展到"都市里的村庄"，笔纳"城市里的异乡者"的生存现实和精神状态。三是以"乡土生态"为题材，面对现代化强势推进而导致人对自然过度伤害的现状，书写人与自然的关系，其价值取向是充分肯定人与乡土关系的原初性、自然性和精神性。

以上是丁帆构建的乡土小说理论的第一层级理论，在此之上生成的第二层级理论，是界定乡土性小说的内涵。

丁帆从世界乡土文学（包括二十世纪中国乡土小说）中概括出乡土小说的世界性母题，即"风俗画面"和"地方特色"，认为"乡土小说的重要特征就在于工业文明参照下的'风俗画描写'和'地方特色'"。这是构成乡土小说内涵/内容的两大要素，世界各国各民族乡土小说共同遵循的世界性母题阈定。丁帆没有确指"风俗画面"和"地方特色"就是乡土小说的内涵，虽然他也用"内涵"来指称过它们，但更多的时候，他习惯取其要义，用"重要特征"、"基本特征"、"基本风格以及最基本要求"、"基本手段和风格"、"两大要素"等表述来定义二者之于乡土小说的性质。这所有的表述似乎都是在不经意中作出的理论性阐释，但我相信，它们在丁帆的理论世界里是等值的。既然如此，我们索性跟随丁帆的表述和阐释，进入乡土小说理论。

丁帆特别强调要廓清概念的混乱。有人以为只要写本民族的生活，对于世界文学来说，它就是"本土文学"，就自然具有"地方特色"。然而，将这样的作品放到本国的文学中，它的"地方色彩"就完全消失了，看不出其"异域情调"来。他的观点是：作为乡土小说家，并不要求你表现民族的"共性"，而是要求你表现某一地域的民族"个性"来，这与本国本民族的其他生存群体相异，当然也就与别国别民族的其他生存群体更加相异了。乡土小说作家应该面对的是"两个世界"：第一是异于它国它土的世界；另一个就是异于它地它民族（特指一个生存的"群落"）的世界。忽视了后者，将不能称其为乡土小说。由此而确认：乡土小说的内涵或重要特征是"风俗画面"和"地方特色"两大要素的呈现。

具体到中国乡土小说，其概念内涵的界定，丁帆首先援引二十世纪二三十年代的鲁迅、周作人、茅盾等作家关于乡土小说的理论阐释，给出了中国乡土小说概念内涵的表达式："风俗画面"和"地方特色"＋"思想内容"。换言之，就是在恒定的"风俗画面"和"地方特色"二项之中加上变动不居的"思想内容"，才是中国乡土小说概念内涵的完整结构。早在一九八四年的一篇论文中，丁帆就明确地提出了这种看法：一部成功的风俗画小说，并不在于风俗画描写在作品中所占的比例，而是要看它能否与作品所表现的主题和人物性格交融渗透，形成一种和谐贯通的气势。单纯地描写风景画、风俗画并不难,"只有把深邃的主题和鲜明的人物个性与风俗画面有机地糅合在一起,使其透露出时代的气息、民族的精神,方才堪称杰作。"它的经典性表述,由茅盾于一九三六年首次给出:"关于'乡土文学',我以为单有了特殊的风土人情的描写,只不过像看一幅异域的图画,虽能引起我们的惊异,然而给我们的,只是好奇心的餍足。因此在特殊的风土人情而外,应当还有普遍性的与我们共同的对于命运的挣扎。一个只具有游历家的眼光的作者,往往只能给我们以前者,必须是一个具有一定的世界性与人生观的作者方能把后者作为主要的一点而给与了我们。"这里的"世界性"和"人生观"即"思想内容"的表现形式。在中国乡土小说的演进过程中,"思想内容"的表现形式随时代和文学观念的变化而变化,当它与"风俗画面"和"地方特色"有机一体时,必然是乡土小说审美化的体现。当它被极左政治绑架而独自称大时,就造成了乡土小说深重的灾难。中国乡土小说的发展,很大程度上取决于"风俗画面"和"地方特色"与"思想内容"水乳交融,共生互为。比如二十世纪四十年代的解放区文学在过分强调作品的思想内容时,忽略了风情画和风景画的描写,尤其是取消了风景画的描写,导致了以赵树理为代表的"山药蛋派"乡土小说乃至五十年代至七十年代整个乡土小说陷入了故事的叙写,艺术审美严重缺失,从而取消了乡土小说之为乡土小说的审美规定性。而从八十年代的"寻根小说"开始的新时期乡土小说,标志着乡土小说进入了一个更高的审美层次,呈现出新的思想特征:"除'地方色彩'和'风俗画面'外,首先,它恢复了'鲁迅风'式的悲剧美学特征;其次是历史的使然,它的'哲学文化'意念在不断强化;而返归大自然与现代文明之间的冲突,则成为'乡土小说'描写焦点的眩惑。"

最后是第三层级理论,即乡土小说的审美特征。丁帆将乡土小说的审美特征概括为"三画四彩"。他对其作了非常精彩的阐释:"地方色彩"与"异域情调"交融一体的"风土人情",可以展开为差异与魅力共存的风景画、风俗画和风情画,简称"三画"。风景画是进入乡土小说叙事空间的风景,它在被撷取被描绘中融入了创作主体烙着地域文化印痕的主观情愫,从而构成乡土小说的文体形相,凸现为乡土小说所有的审美特征。风俗画是指对乡风民俗的描写所构成的艺术画面,其功能一是突出其"地方色彩",二是突出其审美特征。风情画较风景画和风俗画更带有"人事"与"地域风格"等方面的内涵,是带有浓郁的地域纹印的风景画和风俗画,以及在这一背景之下的生活场景、生活方式、文化习俗、民族情感及人的性情的呈现。这一审美要素在乡土小说中显得特别突出,成为乡土小说最醒目的文体形相。

"三画"是现代乡土小说赖以存在的底色,体现为乡土小说的外部审美要求,而作为"三画"内核的"四彩",即自然色彩、神性色彩、流寓色彩和悲情色彩,便是现代乡土小说的精神和灵魂之所在。自然色彩与"三画"构成密切关系,一是它与"三画"完美结合,将物化的自然与人化的自然和谐统一,二是其中呈现出地域特有的生产方式、文化生态背景下的自然的人的存在,以及与之紧密相关的人的情感、思维方式、价值立场和世界观等内容。神性色彩的功能在于它能够使乡土小说充满着浓郁的史诗性、寓言性和神秘性。流寓色彩与作家及其书写对象的存在状态密切相关,具体而言,乡土小说家往往都是故土的逃离者与异域他乡的流寓者;以流寓者为书写对象的乡土小说,大都具有浓郁的流寓色彩。悲情色彩与作家及其书写对象的存在状态及相应的情感体验密切相关,作为农业文明与工业文明相冲突的产物,乡土小说随着工业文明力量的持续上升、农业文明力量的不断下降而带有悲情色彩,其"悲情底蕴就是对地域乡土日常生活的不幸、苦难、毁灭及痛苦生命的最为集中的艺术化表现",体现为自由的生命欲求与钳制这种欲求的外在力量之间的对立,这是乡土小说悲情色彩的内在根源。

"三画四彩"已经成为中国乡土小说比较恒定的审美形态,随着时代、社会和文学的发展,乡土小说的审美因素会更加多元丰富。这是丁帆无比自信的判断,而我们正是在这个曲终之处,看到了一个逻辑推进有序、层次分明、结构严整然而开放的乡土小说理论构架。

中国乡土小说研究

追问何谓乡土小说，确定乡土小说的界域和概念，乃至最终建构乡土小说理论，全是为了一部中国乡土小说史得到"逼真度"最高的呈现。从经济省力的立场出发，完全可以不去追问何谓乡土小说，照样可以理直气壮地研究中国乡土小说史，因为多数学者就是这么做的。可求真求实的学者，面对出生特殊的乡土小说，他必须首先确认乡土小说生成的原点，只有找到了这个原点，乡土小说理论和中国乡土小说的研究工程才能启动，因为乡土小说的萌生、界域、概念及构成要素、审美特征全在原点生成；只有首先让问题见底，思由我出，理由我论，然后才能扬帆远航。丁帆在原点用力之大、入题之深，并在启航之初就首建乡土小说理论，其奥秘应该在此不在他。认真研读丁帆专论中国乡土小说的三部著作及几十篇论文后，就会发现他建构的乡土小说理论与中国乡土小说构成了相互阐释、相互丰富、相互包容的双向同构关系。

神助丁帆。新时期之初，学术破土复苏，多数青年学者都没有什么课题意识，相信丁帆也不例外。大约从一九七九年到一九八五年，丁帆的审美兴趣引导着他关注当代作家尤其是当下小说家的创作，他评论茅盾、峻青、贾平凹、刘绍棠、李杭育、何士光、铁凝等人的创作，近乎随性随意的采摘，不在一个作家身上深掘。但有一点却是愈发鲜明，那就是他所评论的这些作家和作品，均是"乡土性"的，我视其为是天意之所为，有意要把丁帆一步一步地引向乡土小说。而天智秀出的他及时地领悟了神的暗示，从这些小说中提升了"风俗画"概念，并将它们定义为"风俗画小说"，于是有了《新时期风俗画小说纵横谈》（《文学评论》一九八四年第六期）一文。在这篇文章中，丁帆不仅从文学史视角综论了新时期文学中出现的三种类型的风俗画小说，而且在不经意间给出了乡土小说概念的要义，即一部优秀的风俗画小说，是深邃的主题和鲜明的人物个性与"风俗画面"的有机糅合。明眼人一看便知，这里所论的"风俗画小说"其实就是"乡土小说"，只要将"风俗画小说"的概念置换为"乡土小说"概念，便可直入乡土小说之域。但这一切还要等待，等待神赋予丁帆一个更大的启示。

这个机会很快就到来了。一九八五年"寻根小说"形成文学大潮，丁帆惊喜地从中发现了一个奇迹，宣称这是"中国乡土文学面临着一个向世界文学挑战的新起点"！中国乡土文学"通过'寻根'的运动，把自己送进了一个更高的审美层次"。较中国乡土文学的前两个阶段——"五四"时期至三十年代，五十年代至八十年代，有着突破性发展。这种突破主要是"思想内容"的突破："寻根派"作家并不囿于民族文化心理纵向的开掘，'更重要的是对于外来文化的横向借鉴,以至使两种文化在冲突和消长中达到交融,升华成为新的文化心理重新组合建构的新鲜活跃的再生细胞组织",也就是完成人们从"五四"以来就梦寐以求的国民性改造大计,进而"把中国文化放在世界文化的参照系中进行平衡,使两者在演化中互渗、互补、互融而成为一个崭新的有机的整体文化系统"。

优秀的乡土小说是"风俗画面"和"地方色彩"与"思想内容"的有机结合,"寻根派"乡土小说几乎都充满着浓郁的具有地域性的风俗画描写。丁帆充分肯定寻根小说不仅在描写风俗画的同时融进了"深邃鲜美的思想内容和哲学观念",更重要的是它们之中还灌注着生气勃勃的"当代意识气韵"。

这些精彩的论述其实就是对乡土小说概念的界定。在这篇文章中,丁帆终于将"风俗画小说"置换为"乡土小说",并且顺理成章地推导出乡土小说概念,我认为这是丁帆学术之路上一个了不起的登高远眺。由此,他进入中国乡土小说研究之境,并使之成为他学术生涯的主要内容。

丁帆的中国乡土小说研究独标高格,至少得益于三种思想资源的支持。第一,整体性的文学史观念。在丁帆的乡土小说研究中,它体现为一种动态开放的系统观,其学术要义有二:一是乡土小说作为一种世界性文学现象,在特定时代和特殊背景下产生。二是中国乡土小说是一部不断展开的文学史。第二,二元并置的审美观念。丁帆立论:

优秀的乡土小说是"风俗画面"和"地方色彩"与"思想内容"的有机融合、完美体现，一部中国乡土小说史，就是"风俗画面"和"地方色彩"与"思想内容"彼此消长、起伏、盛衰，从融合到分裂再到复归的嬗变历史。遵循这一审美观念，丁帆对每一时期的乡土小说、每一种乡土小说流派和文学现象、每一个乡土小说家和每一部乡土小说作品，都给出了审美的价值判断。第三，现代性的思想立场。有学者指出：丁帆的学术思想和学术立场始于"五四"精神——丁帆曾一次又一次地呼吁当今的文化、思想、文学重回"五四"起跑线。但他的思想又远远溢出了"五四"的精神内涵，其文化批判立场指向人性和文化本质。究其质，丁帆的思想立场体现为"现代性"的播撒。其"现代性"之"现代"，正是马泰·卡林内斯库给出的定义："现代"主要指的是"新"，更重要的是，它指的是"求新意识"——基于对传统的彻底批判来进行革新和提高的计划，以及以一种较过去更严格有效的方式来满足审美需求的雄心。现代性作为一种思想观念，赋予了人们改变世界的力量。而现代性赋予丁帆的，则是对乡土小说"思想内容"做出符合"现代性"的价值判断。丁帆就是在这些思想观念的支持下展开中国乡土小说研究的。

"五四"时期的乡土小说，以乡土小说的开创者鲁迅和"乡土写实派作家群"、"乡土浪漫派作家群"的创作为代表。鲁迅是"五四"新文化的先驱者，同时也是中国现代乡土小说的开创者。他在对稳态的中国乡土社会结构和文化心理进行批判的基础上,"开创了拯救国人魂灵的主题疆域",以一种超越悲剧、超越哀愁的现代理性精神去烛照传统乡土社会结构和"乡土人"的国民劣根性。在艺术上,鲁迅是第一个在小说中竭力表现地方色彩和风俗人情这种审美特征的作家,开创了风土人情的异域情调的疆域。鲁迅开创的乡土小说模式已经成为传统,深刻地影响着"五四"乡土小说家及其后至今的绝大多数乡土小说家的创作。在鲁迅影响下形成的"乡土写实小说流派",以人道主义的悲悯同情关注"不幸的社会下层"特别是穷苦农民的不幸命运,呈现出峻急而强烈的文化批判精神。在"五四"以来的中国乡土小说史上,如果说以鲁迅为代表的乡土小说形成了"启蒙主义"之一脉,那么,废名、沈从文、萧乾、汪曾祺等京派作家以崇尚原始的文明形态、歌颂乡土人情、美化风景为特征的小说,则形成了"田园浪漫主义"的另一脉。这是一个疏离政治的自由主义作家群体,以文化重造的保守主义姿态,规避激进的时代主流话语,高蹈于现实功利之上;以自身不同流俗的生命感悟与取向别致的现代意识,从容平和地融汇中国传统文化的深厚底蕴与西方现代主义思潮的审美特质;以"和谐、圆融、精美的境地"为美学理性,创造出具有写意特征的独具美感的抒情小说。但他们偏于古典审美的"田园牧歌"风格的浪漫主义小说,其意义在"启蒙的文学"之外,赓续了虽不那么彰显却意义深远的"文学的启蒙"。

三四十年代向"左"发展的乡土小说,呈现出多种历史形态和审美形式。"革命+恋爱"式的乡土小说是一九二八年前后对革命文学主题和写作方式的一次大胆探索。这种创作模式一定程度上造成了文学创作上审美效果的负面化,使小说流于公式化、概念化、脸谱化乃至口号化,损害了左翼文学的艺术价值。但也有成功之作,如柔石、叶紫等作家的"革命的乡土小说",不仅含有丰富的政治和历史文化内涵,而且也是一种源于生命内在体验的青春书写。"社会剖析派"以茅盾、吴组缃、沙汀、艾芜等作家为代表,他们以科学的理性精神,追寻历史的真实与艺术的真实,剖析复杂的历史事态和激越的时代风云,真实地反映了当时中国农村的现实状况。这一流派小说在"思想内容"的书写之中融入了浓郁的具有"地方色彩"及"异域情调"的风景画和风俗画描写,既是对早期"乡土写实小说流派"的回应,又开创了新的乡土小说范式。"东北作家群"的主要成员有萧红、萧军、端木蕻良、骆宾基等青年作家,他们把浓得化不开的乡土情结、炽热的民族情感、北国的血泪,还有不屈的剑与火,凝聚于笔端,写出了既富有东北地域色彩又具有粗犷甚至充满野性力量的乡土小说,是中国现代乡土小说史上的重要收获。"七月派"是以胡风为中心,以《七月》和《希望》等刊物为阵地而形成的文学群体。路翎、丘东平、彭柏山等"七月派"作家在胡风"主观战斗精神"的影响下，深入到生活底层和人物心灵深处，感受战争年代苍茫大地的战栗与农民灵魂的痛苦撕裂及"原始强力"的爆发，从而形成了深刻凝重的历史沧桑感与浓郁悲怆的艺术格调。

四十年代至五十年代初的乡土小说"跨时代"，由赵树理、孙犁分别代表的"山药蛋派"和"荷花淀派"，标志着中国乡土小说的"继承"与"转型"。"山药蛋派"作家坚持"革命现实主义"的创作方法，关注农村尖锐复杂的现实生活，积极反映时代的新变及农民阶级的革命要求。在叙事艺术上，他们以中国古典小说和说唱艺术为资源，以叙述故事为主，将风景画、风俗画描写消融在"革命话语"主导的故事之中，造成了艺术审美的缺失，从而改变了中国乡土小说发展的历史路径。"荷花淀派"上承废名、沈从文的乡土抒情小说传统，诗情画意的描写中蕴含着人性之美和人情之美，形成了清新明丽、优美婉约的艺术风格。这样的审美形态在政治意识形态主导的时代处于边缘，却在文学史上保有持久的生命力。

五十年代至七十年代乡土小说谨遵意识形态观念，书写中国乡村在新的权力体系中的生活情状，新的叙事主题和表现内容的主流化及其排他性，使得乡土小说迥异于"五四"以来所形成的乡土小说传统。"政治"和"阶级"规约着乡土小说，"思想内容"向"左"演变，愈来愈明显地疏离进而排斥艺术审美的描写。"文革"时期的乡土小说彻底地沦为"政治的传声筒"、"阶级斗争的工具",作为乡土小说必备的两大要素和审美特征,遭到了弃置或畸变,乡土小说蜕变为农村题材小说。

八十年代是乡土小说狂欢繁荣的年代,被中断已久的现代乡土小说传统回归,高涨的现代性思想和地域文化意识丰富了"风俗画面"和"地方色彩"与"思想内容"的内涵。"乡土伤痕小说"旨在揭露伤痕、反思历史,是"严峻的乡村牧歌"和"鲁迅风"的变奏。"乡土寻根小说"是乡土小说三大要素在更高美学层次的创造,意在开辟乡土文学新领域。"乡土新写实小说"取民间视角、平民立场,以生命的悲剧意识叙写底层百姓的灰色人生。承续乡土浪漫小说传统并吸纳现代主义文学要义而形成的"乡土先锋小说"对个人化的乡土经验的皈依,使其变成对个人经验的发掘与表达,对普遍经验及其表达方式的反映。比较而言,八十年代乡土小说代表了中国乡土小说的一个全新阶段、更高水平的发展阶段。

世纪之交(二十世纪末至二十一世纪初)乡土小说是中国乡土小说的最新发展阶段,其叙事视域、叙事空间、书写对象、题材范围、创作现象、文本类型等方面都发生了新变,呈现出多元并存互进的发展态势。前文概述了世纪之交乡土小说创作出现的新内容,而从文学宏观的嬗变演进来辨析,可以看出其中的六种近乎"乡土小说思潮"(准文学思潮、准文学流派)的乡土小说最为突出。一是乡土现实主义叙写，它是乡土新写实小说的延续，意在对现实"去蔽"或"祛魅"。二是乡土浪漫主义抒写，它是"京派乡土小说"的承续，同时又是应对时代的历史变奏。三是乡土现代主义叙写，它内含现代主义精神气质而外显传统现实主义形相，呈现出多种美学元素杂糅的怪异特征。四是乡土历史叙事中的"新历史主义"倾向，它是八十年代"新历史主义"思潮的延伸，更是社会转型期各种现实矛盾与社会思潮影响下的新历史意识与新创作模式相结合的产物。五是"乡土生态"小说思潮及其"生态主义"倾向，它从文学和美学的立场重新审视人与自然的关系。六是"宗教文化精神"的乡土表现，它为乡土小说提供了新的思想维度，提升了乡土小说的精神品格，促进了新的乡土美学风格的生成。

随着"新世纪中国乡土小说的转型"课题及其专著的完成，丁帆的中国乡土小说研究的主体工程全部落成。二〇一一年他开始进入又一宏阔的学术领域，研究"中国现当代文学制度史"（获国家社科基金重大项目立项）。我相信，丁帆今后无论研究什么，但乡土小说定会成为他新的研究对象的参照系和理论资源。对于这个与他相伴三十年，而他对其付出了最多的情感、心智和精力的乡土小说，他又怎能舍弃呢！

二〇一三年二月四日

高山流水自写心
—— 白兆麟《顾盼集》序

白兆麟先生寓居美国,这次回国名为度夏,实为忙碌几部著作的出版。不几日,他送我刚出版的《〈马氏文通〉综论》,言其为平生最后一部学术著作。听之,敬佩与感伤莫名顿起,一时无语。先生是我的业师,我们同在一所大学中文系,他在古代汉语教研室,我在中国现当代文学教研室,三十多年来,我们由师生到同事,遂成忘年交。他对我照拂,我对他尊敬,无意间达成默契,彼此有新书出版,必定选其品相最佳者先送给对方,读多读少在其次,要的是在摩挲之中感受"敬"与"爱"的温情。

越二日,先生来电话。第一句话,"我准备出一本散文集"。先生二〇〇七年退休,此时他已过古稀之年。这之前的二〇〇六年,我从报纸上读到他记叙故乡往事、青少年教育,抒写亲情的好几篇散文,甚为惊诧,没想到一生专治古典之学、崇尚古典之学的先生,居然与我辈同流,涉笔俗世文。继而佩服,先生的这些散文平实蕴意,内中有着质朴纯正的风韵。自个儿先美了,接着跑去对先生说,你干脆写散文吧。先生的兴致被我煽动起来了,我借势怂恿他多写些这样的文章,我们喜欢呢。还说季羡林、金克木等学术大师晚年的散文随笔如何好,如何暴得大名,以此说明这样做并非不务正业,先生默认了。近三年,先生寓居美国,常在美国和欧洲旅游,所见所闻所思皆成文章。一篇篇散文、游记、随笔、杂感通过"Email"传过来,读文见人,仿佛与先生一起神游异国他乡。私下窃喜,先生终于不着痕迹地实现了由学者到文人、由学术到文学的转换,此中,我推波助澜了。但先生这么快就要出版散文集,还是令我意外。

先生第二句话,"你写篇序吧。"我惶恐,辈分不对、才质不配啊!先生在传统学术里浸润半个世纪,"蕴蓄既富,思力又锐",其国学根基和学养相当深厚。古典学界历来重视"传承"和"学养",对于主要不以"功力"而以"思想"、"观念"见长的当代学问,多有偏见,向来低看。先生未能免俗,多少有点,而对于我,他却"另眼相待",明显"偏心",一半因为我是他的学生,一半因为我有点悟性,做出的活能够让他瞅上一眼。无论怎么说,也轮不上我为他的书作序啊!便连忙推辞,这序我写不了。先生说:"我认准你,就你写。"也许是怕我有所顾虑,他补了一句:"你想怎么写就怎么写。"完全是命令式的,没有任何商量的余地。恭敬不如从命,我竟然糊里糊涂地接受了。

《顾盼集》七十篇，其中叙事抒情散文十四篇，游记十四篇，随笔二十篇，杂感二十二篇。先生神闲气定，纵笔驰骋，深情追忆昔日偏僻而繁华的屯溪镇、陈旧保守的私塾、新鲜活泼的洋学堂和教会学校、名师云集的徽师、穷困不潦倒的父亲、宽厚豁达的岳母、优雅时髦的二姨、命运多舛的内兄；怀念一代宗师陆宗达先生、提携后学的恩师徐复先生；颂赞至圣先师孔子、亚师孟子、新文化运动的先驱者胡适和陈独秀、直率宽宏的钱锺书、慈悲济世的净空法师；记游拉斯维加斯大赌城、闻名遐迩的大峡谷、赫氏古堡、圣地亚哥海滩、洛杉矶好莱坞影视城、纽约大都会博物馆、大英博物馆、费城富兰克林科技博物馆、英国的爱丁堡、史前建筑巨石阵；感受西方的万圣节、美国的中小学教育和美国人的生活情趣；阐发中国传统文化思想的当代意义、读书与治学；不一而足。集中作品多系脱缰之作，率性与节制均衡，尽显学者的人间情怀，文人的立世本色。

文如其人多半不可信，于先生却合适。在我眼中，先生儒雅刚正，为人为文谨严，与他的专业同色同调，"十年修得同船渡，百年修得共枕眠"，我以为这是半个世纪学术善人之所至。及至读完《顾盼集》，连呼上当，感叹被先生表象蒙骗了二三十年，他原本也是一位春心浪漫的文学郎啊！他坦言：这几年，青年时代孕育的文学情结重新复活，莎士比亚的四大悲剧，巴尔扎克的人间喜剧，托尔斯泰的长篇小说,契诃夫的短篇小说,甚至如希腊的史诗,英国的乡曲,德意志的歌德,俄罗斯的普希金,又重新回到我的心坎上,那种藕断丝连的甜蜜感觉,只有当事人才能深刻体验(《跋》)。套用诗人海子一句诗来形容,那便是"面朝大海,春暖花开"。

"花开"凭依才情,更有心境。才情是前提是条件,心境是气候是契机。潜伏了半个世纪的文学才情"花开"于先生古稀之年,我视其为天意之所为,有意要为他造一个完善人生。而先生也乐意接受这份善意,"我在古稀之年完全退休的前后,不再有教学和研究的负累,便悠闲地写起与学术无关紧要的散文来,随笔、游记、杂感,随着性子游走"(《都市人的贴心朋友》),那种感觉如"行云流水"(《跋》)。由此而戏言自己现在是一个"散淡之人",有三大乐趣:一是读散淡之书,即与专业无甚关系之书;二是写散淡之文,即与功名完全无关之文;三是思散淡之思,即与一生得失有关之反思(《古稀述怀》)。"散淡"是率性而为,适意自乐,这可是人生佳境啊!人活到这种境界,在俗而不俗,一旦落笔为文,便元气勃勃,"高山流水自写心"了。我视其为先生散文的第一特色。

"自写心"落到实处,一是作者与"自我"对话,二是作者与历史、现实、自然、文化、文学等"他者"对话。若仔细辨析,二者是合则多,分则少,常常彼此互为共存,你中有我,我中有你,充分体现出"自写心"以我为本体的个性特色。

先说与他者对话。先生与他者对话，纸面为文，纸背蕴意。《经典，远未过时》、《不该忘却的忘却》、《新年愿景》诸篇阐释经典的永恒价值，指出经典的现实意义，纸背传达出的则是中国知识分子忧国忧民、以天下为己任的情怀。《读书与治学》、《材料与理论》、《关于治学的几个问题》、《由朱熹论读书说开去》诸篇谈如何读书、治学，纸背则蕴含着中国人文学者将学术生命化的精神操守。当纸背的意蕴按捺不住而必须出示时，作者便让其从现代意识中导出。《孟夫子的强词夺理》笔落史实，战国时期，孟子激烈抨击杨朱的"为我"说和墨翟的"兼爱"说，并使其逐渐衰败。二十世纪五六十年代，中国学术界的不少学者指斥"为我"说是个人利己主义，"兼爱"说是敌我不分的"无阶级论"。先生则作新论："为我"说不是个人利己主义，而是强调尊重生命个体，珍视人的心性修养。"兼爱"说也不是浅薄的人性情感，而是一种"博爱"的高尚情怀。即使是记美国社区中小学课外活动这般不起眼的文章，也能从中发现深意：美国社会是在照顾孩子天性的前提下，按照可接受原则，循序渐进地培养他们的组织纪律性（《社区中小学的课外活动》）。如此一来，文章的品格和气象就非同一般了。

再说与自我对话。与自我对话，与他者对话，最终都可视为与自我对话。平心而论，先生的散文不是篇篇精彩，可就是不俗，原因诸多，最重要的一点，是其中始终流动着一种珍贵的情感——感恩情感。《顾盼集》里，感恩不再仅仅局限于纯粹的伦理意义上的"施恩"与"感恩"，它已经成为作者的一种生活态度，体现为对现实理解后的超越，对一切存在的尊重。仿佛又听到余华写完《活着》后的真情告白：长期以来，我的作品都是源出于和现实的那一层紧张关系，"我和现实关系紧张，说得严重一点，我一直是以敌对的态度看待现实。随着时间的推移，我内心的愤怒渐渐平息，我开始意识到一位真正的作家所寻找的是真理，是一种排斥道德判断的真理。作家的使命不是发泄，不是控诉或者揭露，他应该向人们展示高尚。这里所说的高尚不是那种单纯的美好，而是对一切事物理解之后的超然，对善和恶一视同仁，用同情的目光看待世界"（《活着》中文版序）。

室外热浪滚滚，时节已近盛夏，校园的天鹅湖和眼镜湖一带的树林依然幽静，漫步在浓阴郁郁的湖边，想起先生过两个多月又要去美国，不禁怅然。但愿这篇小文能够缓慢先生远行的步履，继续"顾盼"。

二〇一一年六月十一日

非经典时代的经典
——《许辉研究》序

三十多年前,许辉考入安徽大学中文系,那时我已留校任教去上海学习,待我从上海回来时,他快毕业了。我们同在一系,相知相识却在十多年后的一九九五年,还是因为要写他的小说评论,可见我的孤陋寡闻达到了何种严重的程度。

初见他,顿生疑惑,这就是那个创作了《库库诺尔》、《焚烧的春天》、《夏天的公事》、《康庄》等小说,并且多次获得上海文学奖、庄重文文学奖(中国青年文学最高奖)的许辉吗?许辉知性深沉,乡土浮动,"带着淮北平原风霜雨露的模样……像平原上的风景坦坦荡荡,一览无余"(鲁彦周)。人敦厚朴实,极谦逊低调,又不擅于自我表现,整个人就没有飞扬起来。这样的人能写出好小说吗?我怀疑!待读过他的小说后,我不禁赞叹:简直太美了!安徽竟然有这么优秀的青年小说家!

许辉小说乡土韵味浓郁,他把纯朴浑厚的乡风民情和自然风光写得如同牧歌般辽远优美，让人品尝到淮河流域文化的魅力，从中能够看出废名、沈从文、汪曾祺乃至鲁迅等作家对其的沾溉，能够感受到大师们的笔墨之韵，而这一切又是许辉式的。

许辉小说敛气藏锋，于平淡中蕴含深刻，于不动声色的叙事中阐释人生、解说人性、指认现实真相。这是纯粹地道最见艺术功力的小说，需要读者用心体会、灵性悟读的小说。阅读思考之后，我写了一篇题为《在边缘域行走——许辉的小说创作》的评论，发表在《文学评论》一九九六年第五期。文学研究的最高刊物能够发表一位名不见经传的评家评论同样一位名不见经传的青年作家的文章，一准是被许辉小说的魅力所感动了吧！

我写那篇评论时，许辉的三部长篇小说和短篇小说《碑》还未发表出版，等到我的文章发表时，《碑》已经静悄悄地问世了。我猜想，也许许辉当时并未意识到《碑》有多么了不起，所以没有告诉我。多年之后，当他回忆《碑》的写作和发表的情况时，我能感觉到他当时的漫不经心。他说：《碑》最早其实是长篇小说《我在江淮大地的老家》的一部分，或者说是它的一个开头，那是一九九二年的事，开头也仅仅是个开头。在以后的数年里，那个长篇数次开头，但均未写成。一九九六年，《芒种》的常柏祥先生来信约稿，说他们正在搞评奖，要我给他们写一个短篇，我手里没有短篇，但已经答应了，就到旧稿中去找，于是就找到了这个长篇的开头。当时我坐在地上看完，觉得完全可以独立成篇，再说那个长篇已经停笔不写，就简单修改打印出来，寄给常柏祥，很快就在《芒种》发表出来，紧接着被《小说月报》转载，又获得《芒种》文学奖。

直到陈思和主编的《逼近世纪末小说选 卷四·一九九六》出版后，我才见到《碑》。读后的兴奋一点也不亚于陈思和、张新颖。陈思和先生在《序言》里记录了他们当时读《碑》的兴奋之情：

> 去年三月我在东京紧赶慢赶地写完小说选第三卷的序，到四月下旬回上海后又在清样上大改了一次，五月份才算定稿，已经耽误了预定的出版时间。可是今年转眼已是五月，选出的小说稿一直压在我的手里，迟迟地不愿交出去，一篇序也迟迟地写不出来。不是我的伙伴们工作不尽力，而是我心中隐隐地有着某种期待，我对已经选出的作品感到不满足，尽管我们反复读了去年一年中的各大期刊和讨论了一些被视为重大突破的作品，慎重地在选本中表达我们对当下小说艺术的主观倾向，但我总觉得去年的小说创作实际情况应该比我们已经选出的内容有更高一层的境界，总觉得冥冥之中还有吞吐宇宙精气的艺术生命静伏在书林字海中等待着我们去感应和呼唤……直到前几天，新颖拿来一篇小说，连连说：我们终于找到了！我们

终于找到了!这是许辉的一个短篇,题目叫做《碑》,一共才七千多字,新颖是那样的兴奋,竟一气写下了三千多字的推荐意见。直到读完了这篇小说,我才松了一口气,仿佛是我的期待得到了应验,这本小说选也似乎可以划上一个句号了。

有了这篇压轴之作,一九九六年小说选的水准就大为可观了。我要说,有了《碑》,许辉小说的经典性一下子就突显出来。新时期以来的小说家,能在同样篇幅内写出一篇如此富有象征意味、如此丰富精致的小说的作家,实在很少。若称许辉是这三十年间最像小说家的小说家,《碑》、《夏天的公事》、《焚烧的春天》等小说是"非经典时代的经典",应该不会太离谱。

我是多么希望许辉继续着《碑》、《夏天的公事》、《焚烧的春天》等小说的写法,在自然和生命涌动、天地人合一的造化空间里,创造出"一幅生命元气充沛的自然长卷"。一九九七年以后,许辉加大了读书的范围和容量,文史哲之外,他还阅读了诸多其他人文社会学科的名著名作,我们之间曾有过几次或长或短的读书心得交流。我非常清楚,许辉扩大读书范围,意在为写作蓄养知识、思力、精神。与此同时,他写作不辍,作品的数量不多也不少,顺便说一句,许辉的小说不以数量胜,而以质量胜。再顺便说一句,求量而不求质,已经成为当前中国文坛的顽症。

此时许辉的文学创作也发生了一些变化，气韵生动、"纯以神行"的中短篇小说明显少了，占据他写作中心位置的则是长篇小说和散文。这些作品仍然保持着许辉一以贯之的特色，并且在思想和艺术方面多有新创，长篇小说《尘世》对共名的历史作个人化的叙写，"出现了让人耳目一新的书写效果"，为九十年代文学"正式树立起一个新的参照"。《王》和《没有结局的爱情》被誉为中国当代文学的"东方圣经"、"江淮平原的百科全书"。其散文是关乎土地、人和生命的写作，浑朴简约，极具丰富的文化内涵。但我以为，许辉中短篇小说艺术的纯粹、圆润、独特及其影响，远在他的长篇小说之上。再者，他的长篇小说放在近二十多年的长篇小说中并不突出，而他的中短篇小说、尤其是短篇小说，足可以跻身于中国现当代最优秀小说之列而毫不逊色。鉴于此，我对许辉的期待，既是朋友的厚望，更是评家的责任。

许辉，你就为文学史再添几篇如同《碑》一样的好小说吧！

二〇一二年四月十八日

大别山不会忘记
——陈桂棣、春桃《寻找大别山》跋

无论别人怎么评价陈桂棣，在我眼里，他始终是一位有骨气有思想敢担当的知识分子，一位为文致远的作家；其妻春桃，和他真可谓"不是一家人，不进一家门"，湘妹子直率本真，才情秀逸，难得的是个性中有着一种明晰的坚定。二人因文学结缘，又因文学远行，名扬海内又海外。二十年来，他们共创最难持续发展的报告文学，竟然在文坛乃至整个社会刮起一次次旋风。吊诡的是，每当其轰动效应兴起之际，正是他们宿命般地被推到风口浪尖之时。他们原本都是本色文人，忧国忧民，以文立世，均无搏击风雨之长技，而现实却不停地逼他们披挂上阵越界应对，弄得他们心力交瘁，遍体"伤痕"，将文学的才能过多地消耗在"虚空"之中。由此，他们常常感叹写作太难，几次想废笔归山终落空。

二〇〇四年，历时三年的一部长篇报告文学终于发表出版，了却了他们的一大心愿。这一年，陈桂棣已过耳顺之年,望着他们精疲力竭极其憔悴的样子,我劝他们:"别写报告文学了,《淮河的警告》等作品已高高在上,对于你们,再多几部作品或少几部作品已经不重要了。接下来,干脆率性写作散文随笔,既润笔又养人;况且,你们储存着那么多精彩的故事和有趣的边角料,不以散文随笔出之,岂不可惜!"

春桃不置可否;陈桂棣话到嘴边又退回去,心有不甘的样子。时间过去了一年又一年,我期待的"大别山故事"终于"千呼万唤始出来",这就是他们在《当代》杂志以连载形式发表的五篇"纪事":《毛泽东的炊事员李开文》、《将军身后事》、《"叛徒"何曼》、《失语的红军》、《鬼妹》。

惯于"深潜"的他们,一旦落笔,依然沉重。《毛泽东的炊事员李开文》:一位有着光荣的革命史,曾任中央特灶班班长,一辈子心中只有党、只有人民的老红军李开文,晚年生活窘困凄凉,渐渐地被时代所遗忘所抛弃。《将军身后事》:一代名将,中国工农红军第一军军长,被洪学智将军称之为"百战沙场碎铁衣"的"常胜将军"许继慎,冤死于革命内部极左的"大肃反"。《"叛徒"何曼》:十六岁参加红军,十八岁担任红四方面军总部警卫队队长,百战沙场的英雄何曼,狱中为了解救战友而被逼在敌人的《反省书》上签字,一世英名付流水,成为人人鄙视的"叛徒"而被打入另册,在革命伦理与民间伦理的对立中,他成了牺牲品——他想保住战友们的生命,就要在敌人的《反省书》上签字，就会给革命事业造成很大的伤害；他若想保住自己的名节，以革命利益至上，就要眼睁睁地看着战友们被敌人杀害；他选择了入地狱，一辈子不后悔。《失语的红军》：红军西路军被马步芳的军队打散，副团长廖永和负重伤滞留青海草原十二年，被异域同化后竟然听不懂也不会说汉话了，变成"失语的红军"。《鬼妹》：从张国焘在苏区"大肃反"的屠杀中死里逃生的红军女干部徐德英，由一个如花似玉的姑娘变成一个面目狰狞的"鬼妹"，一辈子背负"历史问题"而悲伤屈辱地活着。

"纪事"牵出故事，写大别山红军英雄的故事；故事又超越故事，作者以人类的基本价值为伦理原则，质疑过往历史，追问现实，出以悲情，写大别山老红军悲剧命运或悲剧性传奇故事。这些出生入死，曾为共和国的建立作出过巨大贡献的英雄们的悲剧命运让人深切同情；当人们发现这些不该发生更不该定格的悲剧一再发生时，质疑、追问和思考便一并迸发出来。

可以断定，这正是作者的写作意图及其追求的艺术效果。猛然想起，这不正是他们一以贯之的以文托思、以理胜文的"路数"吗？读遍他们的报告文学，再读这些"大别山故事"，由此而断言它们是穿着散文装束的"陈式"报告文学，应该不会错。

可与此相比照的，是春桃发表于二〇〇一年的《失忆的龙河口》（后改为《失忆的万佛湖》）。这也是"大别山故事",从一个人的悲剧性命运反思一个时代。一九五八年"大跃进",许芳华在兴修龙河口水库(现改为"万佛湖水库")中脱颖而出,成为淠史杭工程建设中赫赫有名的"五大英雄"之一,而且是"五大英雄"中唯一的女英雄。时过境迁,特别是改革开放年代对极左年代的否定,许芳华连同那个年代创造的积极奉献的崇高无私的民族精神也被遗忘甚至被否定了。而这,正是作者所担忧的:一个民族在前进中丧失记忆是可怕的,集体失忆意味着我们这个民族不是有意回避历史,就是极力否定历史;民族的集体失忆会导致民族精神内力的下降和民族自我反思意识的削弱,会为今天和明天埋下巨大的隐患。

有人说所有历史都是穿着不同服装的当代史,这是因为历史是当代"过去"的累积,当代是历史"未来"的呈现,其中隐含着世代一脉相承的遗传密码。历史学家霍布斯鲍姆表述:历史是现在和未来的模型,所有对现实的设计预测,很大程度上依赖于从过去已经发生的事件来对未来作出推断,也就是从历史推断未来。陈桂棣和春桃以回溯的方式反思历史、拷问历史,无疑是想解开历史世代遗传之密码。具体到这几篇作品,他们要解开的是中国革命史中的那些危害性及其隐匿形式,从人物悲剧和时代悲剧中辨识政治暴力的本质。他们描写一个个悲剧,实际上要表达的是一种警示,从这个意义上来说,它们如同《失忆的龙河口》,亦即深刻的警世之作。

陈桂棣、春桃为何这么死心塌地地操心文学？说他们写敏感问题、重大社会问题纯粹为了出名，恐怕是"以小人之心，度君子之腹"了。说他们完全是出于作家崇高的使命感和知识分子人道主义的良知；说他们喜欢用报告文学这种形式与现实对话、与人生对话，可能最符合他们思想的实际。他们自己的定位是：做一个记录和推动社会进程的报告文学作家。用他们自己的话说，就是："总应该为改变中国的现状做点什么。"

这种具有分析理性的写作已经与他们的生命意识融为一体，成为生命的存在形式，彼此互相定义了。既然如此，我劝他们弃报告文学而写散文随笔，岂不是夺人所爱，强人所难！

但我相信他们能够理解我的良苦用心。

二〇一一年六月二十八日

犬儒考古

一个在古希腊、罗马游走了大约八个世纪、曾经很乖戾、很狂傲又很空想、很超脱的哲学学派，在欧洲衰落消失之后，留下了一个极其丑陋的名字，这个名字叫犬儒学派或犬儒主义者。

顾名思义，所谓犬儒，就是像狗一样生活的哲人。这是一个含有十分贬义倾向的称名，我实在想象不出来，在中外历史上还有哪一学派的哲人或哪一类知识分子获得了比这更卑贱、更有侮辱性的称名。一种形象化的命名一旦被历史化、经典化，就会在复活历史记忆的同时，帮助人们辨识并指认现实中出现的"同类"。这是历史归纳法常用的行之有效的做法。但辨识与指认仅止于表象的望文生义的诱惑时，就会出现"误读"与"误指"。望文生义的最大好处是放弃追问而直入判断，这样一来，它虽然方便了判断，却误指了对象。这种望文生义的误读、误指，发生在犬儒身上也就不会令人感到奇怪了。谁让犬儒获得了一个这么容易让人望文生义、顾名思义的称名呢？

犬儒作为"类"的称名，其确定性的内涵最容易被称名的特指性所定义，"像狗一样"既是比喻，又是定义。由狗及人的直观判断，其情感走向与伦理价值判断是指向贬义的。其实，犬儒并不丑陋，并不卑贱，作为历史上曾经出现过的一个异类的哲学学派，他们极端的行为方式和向善向美的理想，是受到世人敬重的。取他们的外部特征和行为方式来为他们命名，其褒义大于贬义，形象大于具象。

不知从哪一天开始，在现当代文学研究中，出现了这样一种判断：认为人在面对苦难、压迫、侮辱、危难、厄运等消极力量时不作抗争而苟且偷生地活着、没有尊严地活着、忍气吞声地活着、下贱地活着，是"犬儒"行为，甚至连以不争之争的"隐忍抗争"也难逃它的定义。在这种判断中，犬儒及犬儒主义成了一个十足的贬义词。没有人去追问犬儒及犬儒主义究竟是什么回事，大家人云亦云，望文生义。

还原史实，回到犬儒及犬儒主义的原点，追问它的本意，突然发现，其意竟然与盲目性的流行见解截然相反。作这种还原学追问的最新成果，是杨巨平的《古希腊罗马犬儒现象研究》。

《古希腊罗马犬儒现象研究》是国内系统研究犬儒派的第一本学术专著，重点研究犬儒派的产生与演变，犬儒派的社会批判思想、人生理想和社会理想，并将犬儒派与中国大约同时期出现的庄子学派进行比较。小小的犬儒派又与一个大的哲学命题相联系，"犬儒现象又是研究古希腊哲学史、西方哲学史、政治史、文化史所不可回避的问题。"（《古希腊罗马犬儒现象研究》，人民出版社二〇〇二年版）这就把研究的视野放大了。罗素在《西方哲学史》中论述犬儒派时指出了一个重要的历史事实，他说从犬儒开始，西方哲学史发生了一个根本性的思想转向："亚里士多德是欢乐地正视世界的最后一个希腊哲学家"，而从犬儒派创立者之一的第欧根尼（他与亚里士多德是同时代人）开始，"所有的哲学家都是以这样或那样的形式而有着一种逃避的哲学"。"逃避哲学"是一种与社会打交道的态度，在东方它趋向于出世隐遁，而在西方它却是知识分子介入社会的一种方式，即以一种消极的方式或态度，对社会进行质疑、批判乃至否定。这种批判精神经过历史反复的激励，已经成为西方文化的传统。犬儒派是这一传统最早的思想源头之一。"作为一种思想抗议运动，作为一种以独特的方式对社会进行批判，并提出瑰丽但犹如梦幻的社会理想的哲学派别，作为一种特色鲜明、独立于世、延续长达八百年之久的极端反社会、反文明现象，古典犬儒主义、犬儒派、犬儒现象已经成了历史的过去，成了人类文明遗产中的组成部分。"而且，它对后世的影响越来越大，其思想的幽灵在人类思想的天空不停地游移，从中世纪天主教的托钵修会、修道院制度，近代的无政府主义、空想社会主义，到当代的现代主义、后现代主义以及"二战"后的种种反社会思潮和现象中,都能看到它的影子。

作者杨巨平自然懂得,研究犬儒派,首先要知道:何为犬儒?哪些人是犬儒?为什么不用别的称号而偏偏取犬儒这么丑陋的名字?

何为犬儒?学界一直有两种说法。一种说法是因为这个学派的奠基人安提斯泰尼常常在雅典城外Cynosarges体育场讲学而得名。Cynosarges意为"白犬"、"快犬",所以雅典人称安提斯泰尼和他的追随者为"犬儒"。第二种说法是因为当时有这么一些哲学家或有哲学思想与修养的人,其言谈举止、行为方式、生活态度与狗的某些特征有所相似,如旁若无人、放浪形骸、不知羞耻,但却忠诚可靠、感觉灵敏、敌我分明、敢咬敢斗。于是人们就把这些人称之为"像狗的人"。据说。这一派的创始人安提斯泰尼就有一绰号——"纯粹的狗"。两种说法都能成立,且可以互相解释、互相补充。理由是:在公元前四世纪的希腊社会,确实"出现了一些标榜过狗一样生活的哲人——犬儒。他们生活原始简朴,言行惊世骇俗,思想犀利深刻,精神自由满足,人格富有魅力,理想浪漫执著,给当时的希腊人以振聋发聩、耳目一新的感觉"。

犬儒既然是一个哲学派别,就意味着这一学派的绝大多数人属于智者阶层,即知识分子阶层。他们用极其异类的行为来体现他们的批判思想,用消极的方式来表达他们积极的社会理想。

犬儒及犬儒派有其明显的标识,"从外部特征上看,犬儒派是希腊、罗马城市中的一道醒目的风景线。犬儒派奉行苦行主义,长发、赤足、身穿破烂不堪的短外套,肩背一个破皮袋子,手里拿根象征权杖的木棍或拐杖。他们以乞食为生,随遇而安,渴了喝点清水即可。白天在大街上、市场里、体育场等一切有人群的地方游荡,与人交谈或辩论,不时把严厉的斥责、不失幽默的嘲笑、尖刻的讽刺无情地抛向路人。晚上则睡在神庙、大街上,以天为被,以地为床。像第欧根尼就以木桶为家,有时大白天也钻在里面不出来"。

异类的装扮与异类的行为是其积极而又极端的思想与理想的表征,"从行为方式上看,无拘无束,我行我素,无所顾忌,不知羞耻,无动于衷,粗俗无礼,虚荣自负,傲视一切是其主要特征。他们不要家庭,不要儿女,即使结婚,则夫妻同为犬儒,而且竟然在大庭广众之下行交合之事。(犬儒夫妻指犬儒派代表人物克拉底和希帕其娅。据记载:克拉底是底比斯人,家庭富有。他身体有严重缺陷,是个驼背,常受人们的讥笑。他选择了犬儒道路,变卖家产,将所得的钱分给他的同胞。年轻漂亮的富家小姐希帕其娅非他不嫁,以死相威胁。他只好当她的面脱下衣服,袒露出丑陋的身体,对她说:'这就是你的新郎,这就是你的所有,做出你的选择吧!除非你与我有同样的追求,否则你将不是我的伴侣。'克拉底外表丑陋，但心灵美好，赢得了姑娘的芳心，二人终于成为唯一的一对犬儒夫妻。）他们蔑视一切权威，不论是城邦官员，甚至伟大如亚历山大式的人物，还是城邦制度，如公民大会，都敢嘲讽对抗。……他们不要财富，视金钱为粪土，为过犬儒生活，宁愿抛弃所有。他们不要国家（城邦），在亚里士多德大谈'人是政治的动物'，离开了城邦即无法生存时，他们却自称'世界公民'，表明他们不属于任何国家。他们酷爱生活，关注人生，关怀社会，但不苟且偷生，把每一天当作生命的第一天和最后一天，当到年老力衰或情势需要时，他们会自动地、愉快地结束自己的生命"。

这种以自轻自贱的苦行方式入世，对现实持严厉批判态度的哲人是令人敬重的，却又是难以效仿的。没有一定的信仰、一定的主张和一定的理想作精神支柱，实践独特的苦行主义的犬儒派就不可能傲视于世。

在犬儒派活动的时代，犬儒之所以成为犬儒，首先是他们具有异类的外部标识。犬儒哲学家常以"一件破外套、一根拐杖和一个皮袋子"为行头，这也成为世人识别犬儒的重要标识。还有"像狗一样"生活的行为方式。第二，具有反社会、反现实、反文化、反传统、反权威的批判思想和批判精神。第三，具有自然主义和博爱主义的人生理想，以及与此相联系的"乌托邦"社会理想。三者合一，才是一位标准的犬儒哲人。

犬儒以反社会、反现实、反文化、反传统、反权威的姿态出现，在他们看来，这个社会是邪恶的渊薮，追名逐利，尔虞我诈，充满着虚伪、欺骗、谎言、贪婪和争斗。它正在腐烂，已经无可救药。既然整个社会都在腐烂，那么，构成社会这个大厦的各个部分，不论是政治、法律制度，还是宗教、教育，以及世俗的生活价值取向，都应该受到批判与否定，并对其进行改造，或者用新的"货币"取而代之。他们藐视政治权威，反对人为政治；抨击现行的政治法律制度，反对社会的不公平现象；否定现实的宗教信仰、宗教仪式和宗教活动，对诸神的存在也表示怀疑；鄙视金钱财富，诅咒贪婪无道；摒弃世俗的快乐、肉欲的满足和感官的刺激，追求精神的快乐、心灵的满足和生活的充实；斥责世人对生命的依恋、死亡的恐惧和死后的遗憾。因此，"犬儒派首先是现实社会的对立者、批判者、抗议者和怀疑者，其次才是现实社会的改造者、新社会的设计者和建设者。"他们把对社会的淡漠变成对社会的反对，把退出政治变成对政治的否定。但他们并不是遁世主义者，"而是用另一种极端的方式关心人类政治，所以才有对现实社会的全然否定，对乌托邦的憧憬，对世界国家、世界公民的坚信和追求，才有拯救人类、改造社会、普天之下舍我其谁的神圣使命感。"他们用貌似弃世、实则救世的方式介入现实社会，用过激的批判和惊世骇俗的言行来批判现实社会，目的是惊醒世人，从而实现改造社会的理想。总之,"犬儒派是在用另一种特殊的方式入世,它与现实社会的关系是既对立又联系,愤世而不弃世"。

从这里,可以引出犬儒派标志性的精神特征:以批判现实的态度进入现实,以否定现实的方式关注现实,并进而改造现实社会,重建理想的未来社会。而正是在这里,又可以引出犬儒派的两大思想,即社会批判思想与社会改造思想。在犬儒派的思想中,这两大思想实为一体两面,共生互为,是一个命题的两种表述。因为批判现实、否定现实是为了重建一个全新的理想的"共和国",而要重建这样一个全新的"共和国",就要以批判、否定现实社会为前提。

犬儒派的哲学是粗糙的,黑格尔甚至直言:"这个学派没有什么特殊的东西可讲。犬儒派没有什么哲学的教养,也没有使他们的学说成为一个系统,一门科学;后来才由斯多葛派把他们的学说提高为一个哲学学科。"严格地说,犬儒派的学说不是哲学体系,而是通向身体力行的伦理政治学和超凡脱俗的社会学。

犬儒派超凡脱俗的社会学的精髓是"乌托邦"思想。乌托邦是近代才出现的词,拉丁文 Utopia 的音译。它源自希腊文 ou(无)和 topos(处所),意为"无地方"(no place or nowhere),即"无何有之乡"之意。此词首先出现于托马斯·莫尔(Thoms More)一五一六年出版的《乌托邦》(*The Utopia*)一书。乌托邦是作者虚构的理想社会,这个社会废除了私有财产，实行公有制，按照计划生产和消费，人人从事劳动。"此书是欧洲第一部影响较大的空想主义著作"。"乌托邦"一词后来成为"空想"的同义词。

据作者考证：古希腊无"乌托邦"一词，但类似于乌托邦的希望或理想早在荷马时代、古风时代就出现了。荷马在《奥德赛》中设想的"福地"，赫西阿德在《工作与时日》中追忆的"福岛"，实际上就是这种乌托邦思想的流露。到了古典时期，城邦理想得以实现，因而这种乌托邦思想一度沉寂。但随着伯罗奔尼撒战争的爆发，城邦危机的出现，人们对城邦制度的美丽神话产生了怀疑与失望。失望激起了空想，于是出现了阿里斯托芬的"云中鸟国"，出现了柏拉图的《理想国》。此后，犬儒派的乌托邦理想又随之出现。第欧根尼的《共和国》设计的"共和国"和克拉底的"Pera"诗中所写的"Pera岛"，正是犬儒派向往的理想社会。犬儒派设计的乌托邦社会是一个包括全人类的世界国家，在这个理想的共和国里，无地域、无民族、无国家的限制；无阶级、地位、贫富之分，人人平等，互助互爱；取消私有财产，一切共有；人人无欲无惑，生活安宁幸福、和谐自由；社会成员生活俭朴，满足于大自然的恩赐；取消家庭，社会成员集体生活，在两性相悦的基础上共妻共夫共子。

这样的乌托邦社会美则美矣，却是可想而不可及的。因为它完全是由空想虚构出来的蓝图，你只能根据这个蓝图去想象它，就是不能指望它成为现实。明知在现实世界的根基上不可能建立这样的空想共产主义社会，还偏要一本正经地去构设，只能理解为这是犬儒派与现实社会为敌的一种方式，通过对彼岸美好世界的描绘，以此达到对现实社会的全然否定。当然，这也是犬儒派的思想学说最终要到达的地方。

明白这是个虚无缥缈的海市蜃楼，最好不要去碰它，这样，至少还能在幻象中给它留下一个美好的想象。倘若去碰它，去深究它，你就会发现，这是一个没有活力的封闭社会。自然主义是这个社会的主色调，自然主义既成全了它，又否定了它。自然主义在推行它积极性的原则时，又包含着反文化、反知识、反创造、反进化的消极性。有了这些消极性，就甭指望它有多么美好。

犬儒派消失了，永远地消失了，但它依然存在于历史中。消失的是它的组织形式，没有消失的是它的思想和精神。犬儒派的出场是历史的安排，而它的退场也是历史的限定。它的出场与退场都是呈现，而始终处在过程中的则是它的思想和精神。于是，犬儒派的思想和精神对循环往复的历史具有再分配思想资源的作用，这种思想资源的再分配是在历史不断地对其进行否定抛弃中被实行的。在历史的演进中，犬儒派的思想和精神早已深深地渗透到西方文化思想中，成为历代愤世嫉俗者、行为乖张者、玩世不恭者、社会批判者、启蒙主义者、空想社会主义者、现代主义和后现代主义者反抗现实、批判现实的精神向导。我以为，对犬儒派的研究（我称之为考古），这一方面可能更重要。

身体力行的伦理政治学和超凡脱俗的社会学，均根基于犬儒派的自然主义人生观。

犬儒派的自然主义人生观，一是自然、自足的自然主义，二是救世救人的博爱主义，三是超凡脱俗的超人理想。三者均由自然主义统之，但自然主义是由俗世的自然主义演变为超世的自然主义。

犬儒派取自然主义的生活方式，"回归自然"、"根据自然生活"是他们一贯的主张。他们抛弃财富，告别富有，有意将生活的基本需要降到最低限度，除了一件破外套、一个破皮袋和一根拐杖，几乎一无所有。甘愿苦行，靠乞讨为生，目的自然是摆脱物欲的诱惑、社会的规范，以求得精神的独立与自由。

克己是前提，救世救人才是目的。在他们看来，这个世界已经腐烂透顶，"没有几个真正的人"，唯有他们才能扭转乾坤，给人类带来新生，其出路就是建立理想的"乌托邦"共和国。

行文至此，该把前文提及的一笔补足。有一篇评论说《活着》中的福贵沿袭着遗传的"犬儒"立场"温情地受难"，化苦为乐，苦中作乐，当时看到这一评论时没深究。

现在清楚了，福贵沿袭的精神根本不是什么"犬儒立场"，而是中国传统文化中退守忍耐的生存智慧。福贵有"自然人生"，但没有"使命人生"和"超人理想"。再则，犬儒的苦行是甘愿自取的，而福贵的苦难是承受忍耐的，二者形同质异。

我最想看的第五章，即《犬儒派理想与庄子学派理想的比较》这一章，我认为没有前四章写得从容、自信、扎实。看得出来，这部分作者下的力不足，浅显平走了。首先，仅仅比较犬儒学派与庄子学派，就把论题的格局缩小了。在这一比较中，以老庄为代表的道家哲学是可以整体进入研究视野的。其次，仅仅比较两个学派的"理想"部分，把论题又缩小了一大圈。犬儒派的那种独立傲视的气质、愤世嫉俗并批判现实的精神，以及持守自然又超脱现实的自然主义思想，在中国传统文化乃至现代社会中也多有表现。这一文化思想史的脉络若能通过比较研究提取出来，那将是学术上的一大贡献。不过，我的这些想法已经超出了杨巨平先生这本书设定的研究范围，多言了，就此打住。

二〇〇三年五月二十二日

一个犬儒主义者的手册

"一个犬儒主义者的手册"是一本书的原名,现名为《魔鬼辞典》,作者是美国学者安·比尔斯(Ambrose Bierce)。

《魔鬼辞典》始作于一八八一年,最初发表在一份周报上,以后陆续扩充,到一九〇六年基本成形时,有人把它的大部分内容汇编成书,书名叫《犬儒主义词汇手册》。对于这个书名,安·比尔斯无法拒绝,也不乐意接受。一九一一年,作者正式出版此书,原名为《一个犬儒主义者的手册》。中文版由莫非译,中国盲文出版社二〇〇二年出版。遗憾的是,此书没有关于安·比尔斯的介绍。

《魔鬼辞典》不是通常意义上的工具书,也就是说,主要帮助读者查考字义、词义、字句出处和各种事实而编纂的工具书,不应该采取这种极具个性化的写法。应该给它怎样的定性才合适呢?我的看法是:这是一本既消闲又益智、既趣味又理性、以辞典的形式表达对现状世界"另类解释"的书。编者说:"这是一本专门颠覆人类常识的'另类智慧经典'！我们常会被安·比尔斯不经意闪出的一些真知灼见与绝妙言辞所感动，但更多的时候，我们还会惊奇的发觉：自己脸上不自觉浮现的诡异和内心深处的阴森笑声。""这是一本让世人热恋和颂赞的智慧之书，又是一本让世人辱骂和误解的魔鬼之书。在让您笑得前仰后合、拍手称快时，又感到一种分外的沉重和理性。'魔鬼辞典'已成为一种讽刺、戏谑和特定意义的代名词风行全世界。比尔斯的幽默是世界一流的，《魔鬼辞典》一书给读者的生活一定会赋予一股清新的空气。"

我看上它，还有一个原因，即原书名和作者序言中提到的"犬儒主义"一词引起了我的兴趣。不久前，我读了一本系统研究犬儒学派的学术专著，写了一篇题为《犬儒考古》的文章，我自然想从这本书中获得犬儒主义在现代的一些思想信息，以及安·比尔斯及《魔鬼辞典》与犬儒主义的关系，这样可以一石二鸟，既可以进一步了解犬儒主义在现代的表现，深化我对犬儒派、犬儒主义的理解，又可以用犬儒派的学说和犬儒主义思想反观《魔鬼辞典》，以便在互读中真正地把握住它的精义。

犬儒是西方哲学史上一群特立独行的哲人的别称。在公元前四世纪的希腊社会，出现了一群愤世嫉俗、行为乖张、放浪形骸的哲学家或者有哲学思想和修养的人，由于他们"像狗一样生活"，因而被称为"犬儒"。而由他们组成的哲学学派，史称"犬儒学派"。这个学派从公元前四世纪一直延续到公元五世纪，长达八百年之久。作为一种以独特的方式对社会进行批判，并提出瑰丽但犹如梦幻的社会理想的哲学学派，犬儒派以及犬儒主义已经成为历史，成为人类文明遗产中的组成部分。它虽然消失了，但它对后世的影响却越来越大，其思想一直潜入到当代，从中世纪天主教的托钵修会、修道院制度、近代的无政府主义、空想社会主义，到当代的现代主义、后现代主义以及"二战"后的种种反社会、反现实、反传统的思潮和现象中，都能看到它的影子。

犬儒之所以成为犬儒，有三个重要特征。首先是他们具有异类的外部特征：犬儒派奉行苦行主义，长发、赤足、身穿破烂不堪的短外套，肩背一个破皮袋子，手里拿根象征权杖的木棍或拐杖，以行乞为生，像狗一样生活。第二、具有反社会、反现实、反文化、反传统、反权威的批判思想和批判精神。第三、具有自然主义的社会观和博爱主义的人生观，以及与此相联系的超凡脱俗的"乌托邦"社会理想。

通观《魔鬼辞典》的一千二百多个条目，可以看出安·比尔斯持守的是犬儒主义的思想立场，他对历史、现实、社会、伦理、人生、人性、人的言行德性，对国家、政治、经济、法律、宗教、文化、教育，对知识、常识、命名、权力、权威等所作的颠覆性的另类解释，其中贯穿着浓厚的犬儒主义的批判思想和批判精神。从这个意义上说，《魔鬼辞典》是一本借"辞典之形"行"思想之实"的另类学术著作。安·比尔斯对辞典没有好感，认为它是"一种恶毒的文字玩意儿，发明它的目的是妨碍语言的发展，使之变得僵死呆板"。他的这本辞典是个例外，因为它是思想的载体，而思想贫瘠则是"别的辞典的作者们所必备的品质"。了解这些，有助于我们进入《魔鬼辞典》写作的语境，用"另类思维"和"另类思想"去解读它。

犬儒及现代批判型知识分子一向用质疑、批判的眼光看待现实，而对现实中最大权力者的政治及政治的附属物，则又是他们批判的第一目标，安·比尔斯也不例外。以下条目虽然不直接解释政治，但包含着对政治的看法：

> 总统：从政治强盗的多数派中选出来的一个得过且过的强盗首领，为的是分赃时能有人当出头鸟。
>
> 特权：就是统治者做错事的权力。
>
> 欺骗：商业的生命，宗教的灵魂，爱情的魅力，政治权力的基础。
>
> 战斗：一种解开政治疾病的办法。
>
> 侵略：爱国者为了表明他们对祖国的爱，特别喜欢的一种方式。
>
> 平均主义：一群政治和社会改革家，他们最关心的是如何整个把别人的财产弄到自己手里，而不是把自己多余的财产留给别人。

贫民窟：政府的豪华宫殿之外结出的干瘪果实。

对政治及政治的附属物的质疑与批判一针见血，对历史、经济、法律、哲学、宗教、文学、艺术、道德、人性等知识形态和精神现象的看法也如此：

历史：一种绝大多数都是错误的记录。它记录的事情大多数不重要，因为做这些事情的人多半为流氓的统治者，以及多半是傻瓜的军人。
律师：一个善于为法律设置陷阱的人。
卑鄙：竞争者所必备的特征。
背信弃义：生意成功的一种重要因素。
垃圾：没有价值的东西，例如宗教、哲学、文学、艺术，等等。
恶人：人类进步的主要因素。
无人性的：它其实是人性的典型标志和特征。
私利：一切美德之母。

应该看到，安·比尔斯对现实的质疑与批判，如同大多数批判型知识分子一样，是一种积极入世的态度，始终对权力及由权力构成的国家、政体、阶级、阶层、意识形态，以及体现着权力意识的政治、历史、经济、法律、宗教、科学、文化等知识形态保持着高度的警惕。在安·比尔斯这里，质疑并批判现实，并不是否定现实，而是建设现实的另一种形式。现实是不完善的，在一个不完善的世界里，最大的建设者来自于权力，即使在现今比较民主的国家也是这样；而最大的腐败者、破坏者也来自于权力。权力是一把双刃剑，它既可以向善，也可以向恶；既可以创造，也可以破坏，它的功能趋向取决于人类文明完善的程度，而在现今还不完善的世界里，对权力及权力的生成物保持高度的警惕，并予以质疑与批判，就显得非常必要了。而且，对现实的质疑与批判，也是进入事物并且深入把握事物实质的一种方式。换一个角度或者一种观点、一种立场看事物，往往会获得不同凡响的效果。安·比尔斯的"另类解释"便是如此，例如：

——优柔寡断是个贬义词，形容某人做事迟疑不决，不果断。安·比尔斯却说"优柔寡断是成功的主要因素"。我在想，这种解释不可能是一个绝对性的判断，它是有特定情境的。在特殊情况下或者特定环境中，优柔寡断可能会成为成功的主要因素。

——祝贺：一种有礼貌的行为。安·比尔斯却说祝贺是"一种有礼貌的嫉妒"。意思全反了，但它通向并揭示的则是一种隐蔽的阴暗心理。对"宽慰"、"朋友"、"友谊"、"幸福"等的解释，都是通过这种反向思维，完全从反面揭示出事物的另一种内涵。

——笨蛋：蠢人（骂人的话）。安·比尔斯对此却做出了让人不可思议的解释:"这种人遍布于人类的智性生活领域,借助道德生活的力量而四处扩张。他威力无比,变化多端,无所不知、无所不能。正是他发明了字母、印刷术、铁路、蒸汽船、电报、各种陈词滥调,以及各门科学。是他发明了爱国主义,使各个国家学会战争……是他创立了神学、哲学、法律、医学,等等。是他缔造了君主制和民主制两种政治体制。古往今来,他永远青春焕发——从创世之初到如今,他一直在施展自己的威力……是他用祖母般的手指温柔地抚摸文明的夕阳,在黄昏的太阳下为人类准备牛奶与道德的晚餐,然后他揭开坟墓的被褥让人类安息。当我们在永恒的遗忘之乡长眠以后,他将会挑灯夜战,写一部人类文明的兴衰史。"(此条目的译文有一处明显的语病,即第一个省略号处,笔者对此作了修改。)还有对于"愚蠢"的解释也是这样。愚蠢:原意指愚笨无知,不聪明。安·比尔斯则说它是"一种'神圣的才能和天赋',正是它的创造力和控制力激发了人的心智,指导人的行为并美化人的生活"。对此种解释我只能瞠目结舌,无言以对。

——时尚:意指当时的风尚。安·比尔斯透过现象,发现时尚实际上也是一种权力,时尚"是一个暴君。聪明人既嘲弄它,又服从它"。想一想,会心一笑,还真是这么回事。

……

可以断言,犬儒主义的思想立场是《魔鬼辞典》的灵魂，反向思维则是它进入事物与评价事物、阐释事物的方式，安·比尔斯通过辞典形式对现状世界所作的"另类解释"，是思想者对世界的诚恳态度。

犬儒派及犬儒主义者厌恶现实、反抗现实，认为这个世界已经腐败透顶，无可救药，"没有几个真正的人"，唯有他们才能扭转乾坤，救世救人，其出路就是建立理想的"乌托邦"世界；他们最高的理想就是在这个不完善的世界上重建一个全新的"乌托邦"共和国。通过对彼岸美好世界的描绘，以此达到对现实的否定。

这一思想成为历代批判型知识分子的精神来源，近者如德国当代著名哲学家、社会理论家哈贝马斯，针对人类面临的日益严重的危机和弊病，他创建了一种以"交往行为理论"为核心的"批判社会理论"，并把它提升到"话语理论"的高度，将其视为国际交往的伦理原则，即视为社会伦理的根本原则，主张以此来规范人的行为、人与人的关系乃至整个社会实践，使权力和暴力在人际关系和社会交往中的使用成为非法，从而建立一种"无统治、民主、公正、和谐的"社会秩序。他确信，在民族国家消亡之后，人类必将联合成一个"世界公民社会"，从而逐步实现人的自由和解放。按照哈贝马斯的设想：在未来的"世界公民社会"中，无暴力的共同生活将使个人的自我实现和自主成为可能。这种自主建筑在团结和正义之上，宽容和相互理解成为人们的思维和行为的根本动机。而宽容，便是在不放弃现代世界在文化、社会和经济方面存在的差异的情况下,寻找合理的生活形式、真正的自主与和平的共处,即在一种共同性中自由地、真诚地生活。

哈贝马斯的这种理论遭到了包括福柯、德里达、利奥塔、布尔迪厄、查尔斯·泰勒、约翰·罗尔斯等世界著名学者在内的许多人的怀疑与批评,认为哈贝马斯的"交往理论"与"世界公民社会"的构想具有空想的性质,是"一个乌托邦的构想";其理论是"交往的乌托邦"(福柯)与"乌托邦现实主义"(布尔迪厄)。

对这些指责,哈贝马斯的回答是非常智慧的:"如果说我还保留了一点点乌托邦的话,那完全是因为我相信,民主、自由和公正——此处还有关于它的最佳实现途径的公开辩论——能够解开当今世界似乎无法解决的问题的戈尔迪之结。""我向来没有要设计一种规范性政治理论的野心……我不想在绘图桌上炮制出一个'秩序井然的社会'的基本规范。与此相反,我所致力的是重建一种事实上应该存在的状况,其前提是,社会化的个体在交往的日常实践中,运用日常语言达到相互理解的目的。在这种交往中,他们必须从特定的语用学规范出发,实现交往的理性。"在他看来,"决不能把乌托邦与幻想等同起来。幻想建立在无根据的想象之上,是永远无法实现的,而乌托邦则蕴含着希望,体现了对一个与现实完全不同的未来的向往,为开辟未来提供了精神动力。乌托邦的核心精神是批判,批判经验现实中不合理、反理性的东西,并提出一个可供选择的方案。它意味着,现实虽然充满缺陷,但应相信,现实同时也包含着克服这些缺陷的内在倾向。我们必须肯定启蒙理性的历史成就,相信社会进步的逻辑。许多曾经被认为是乌托邦的东西,通过人们的努力,或迟或早是会实现的,这已经被历史所证实。人权和民主当初不也被许多人视为乌托邦吗?可是,经过数代人的奋斗,它们在今天已经成为现实。"目前应该做的,是要提出一种较为合理的方案,"以便消除当今社会所显现出来的缺陷,克服它所带来的负面后果,使世界向较为公正的未来发展"。

"乌托邦"在当代被视为空想的代名词,虚无缥缈的存在。而在哈贝马斯这里,"乌托邦"主要是指一种批判现实与面向未来的精神动力。而且,他创建的"世界公民社会"有着现实的可能性,绝对不是空想的"云中鸟国"(阿里斯托芬)。哈贝马斯对"乌托邦"所作的新解释,肯定"乌托邦"思想中蕴含着积极性的思想价值和现实精神,既是人类社会实践与社会进步的启示,也是现代知识精英对人类智慧的进一步确认。

安·比尔斯是否也如此呢?《魔鬼辞典》的扉页上有安·比尔斯的一首无题小诗:

> 做完了呼吸的苦役,
> 摆脱了世间的干扰,

疯狂地奔向终点，
终于到达了目的地！
发现那金光闪闪的地方，
不过是一个黑洞而已！

显然，这已不是古典犬儒派、犬儒主义者为世人精心设计的理想的"乌托邦"世界，而是现代知识分子对"乌托邦"世界的否定。安·比尔斯与哈贝马斯的区别：前者既批判"此岸"的现实，又否定"彼岸"的"乌托邦"；后者批判"此岸"的现实，但寄希望于"彼岸"的"世界公民社会"。在质疑现实、批判现实这一点上，二者则是一致的；这也是现代批判型知识分子共同的思想指向。既然"乌托邦"是一个虚无的"黑洞"，那么，希望还存在于现实世界。悲观的情绪中包含着现实精神，整个辞典对此作了全面的印证，不妨细心体会。

二〇〇三年七月十九日